碧い海、茜色の島

末廣 圭

Kei Suehiro

イースト・プレス 悦文庫

目次

碧い海、茜色の島

第一章　燃えるお母さん

日ごとに温かさを増してくる陽射しが、真っ白な砂浜をキラキラ輝かせている。海は凪、わずかな白い波頭と碧《あお》く澄む海面を吹きぬけてくる爽やかな潮風が、頬を優しく撫でていく。

きれいだわ。空気がおいしいの……。上江州翔平《うえずしょうへい》の右隣に立ちすくんでいた宮本由里江《みやもとゆりえ》さんは、風に吹かれて流れる髪を指先で押さえながら、本心から気持ちのよさそうな声をあげた。

まさに光と香りのシンフォニーである。

「今は二月ですが、気温は二十度近くあると思います」

「えっ、ほんとうに！　今朝、東京を発ったとき、羽田《はねだ》空港の気温は確か二、三度しかなかったはずよ。吐いた息が白くなっていたんですもの」

まるで信じられないというような表情になって、由里江さんは翔平の横顔を追った。

「沖縄のカンヒザクラは、今が満開です。お母さん、振りかえってください。丘の頂に桜が一本植えられているでしょう。ぼくの曾祖父《ひいじい》ちゃんが、琉球王国からこの島を買いとったとき、記念に植樹した桜ですが、今が一番の見ごろになっています」

長い黒髪を指先で押さえたまま、由里江さんは、白いミュールを履いた足を砂浜にすべらせ、翔平が指差した小高い丘の頂上に視線を向けた。

まわりは琉球松などの針葉樹に覆われているが、わたしは桜よ。かわいくて、きれいでしょう……、とでも言いたげに、ピンクの花びらを、目いっぱい咲き誇らせているのだった。

「翔平くんのお父さまにもお聞きしたわ。この島は、『うえず島』と名付けられて、島民のほとんどの方は上江州姓だと笑っていらっしゃいました。ですからね、ぜひ一度お訪ねしたかったのよ。でも今までチャンスがなくて……。ほんとうに、ありがとう、招待してくださって」

そこまで聞いても、那覇《なは》の高校で教鞭をとっている父親と宮本由里江さんの関係が、翔平の脳裏では、どうしても理解できないのだった。この女性は父親を慕っているようにも見えるのだが、それじゃどうしてぼくが島の案内役を務めなければならないのか、よくわからない。

だいいち母親は、宮本さんのことを知っているのかどうかも、定かでなかった。思いなおした翔平は、片側に立っている女の人を目にして、ひどくがっかりした。

西に傾きかけている大きな太陽の陽射しを浴びて、色とりどりにキラキラ輝いている美しい海原を目の前にしても、宮本玲奈《れな》さんの目は左手に持ったスマホから片時も離れず、画面に食い入っている。

玲奈さんは由里江さんの一人娘で、東京の短大で学んでいる大学生である。

大学生がなにをやっているんだよ！　翔平は腹の中で憤慨した。彼女の手からすぐさまスマホを奪いとって、ポイと海に投げてしまいたい強い衝動にもかられるほど。

スマホのどこが、そんなにおもしろいのだ！　と。

でも、翔平は気を取りなおした。強度のスマホ病に取りつかれ、挙句の果てに引きこもりになり、大学にも行かなくなった玲奈さんの症状を、なんとか救ってほしいと父親に頼んできたのは母親の由里江さんで、なぜかその主治医役が自分にまわってきたのだから、初日から短気、癇癪《かんしゃく》を起こして、患者の機嫌を損ねてはならないのだった。

「お母さん、もうしばらく待ってください。今日の日没は六時十八分だと、石垣《いしがき》島《じま》の役場で聞いてきました」

仏頂面をしたまま振り向きもしないでスマホと睨《にら》めっこしている玲奈さんを無理やり無視して、翔平は明るく言った。

「日没なんて、いやね。お日さまが沈んでしまったら、こんなに美しい海景色が見えなくなってしまうでしょう」

「大きくてまん丸な太陽が水平線の彼方に着水してから、すべてが水没するまでおおよそ十分ほどかかります」

「まあ、翔平くんはそんなことまでご存知だったのね」

「学校が休みの日とかは、おじいの舟に乗って漁を手伝っているんです。おじいが、翔平、早く網を引け！　なんて大声で怒鳴っていても耳に入ってこないで、夕陽が水平線に沈んでいく荘厳な時間に、ぼくは何度も魅入られていました」

「それじゃ、お日さまが水平線に沈むまでの十分ほどの間に、なにかが起こるのね」

一瞬、翔平はドキンと胸を高鳴らせた。

白いミュールに真っ白な砂を載せた由里江さんの足が半歩近づいてきて、腕組みをしていた翔平の上腕を、ぎゅっと握りしめてきたからだった。

（スマホに夢中になっていても、真横にはお嬢さんがいるんです。変なことはしないでください）

腹のうちで翔平は強く抗議したが、お母さんの手を邪険に振り払う勇気はなかった。ぼくたちはちょうど一週間前、変なことをしちゃったのだから、受けいれるしかない、と。

「右手前方に小さな島影が見えるでしょう。小ぶりのお椀をかぶせた形をしている島です」

上腕に絡んでくる細い指先から必死に神経を切りはなして、翔平は努めて冷静な声で言った。だが、口から出た言葉はいくらか震え、口の中の空気が全部吸いとられてしまったように乾いていく。極度に緊張しているせいだ。

お母さんの指は翔平の気を引くかのようにモゴモゴうごめいて、くすぐったいのだ……。

『うえず島』に宮本さん母娘《おやこ》を招待したのは、お嬢さんの体調をリハビリさせるためで、お母さんは付き添い役にすぎない。が、鮮やかな夕陽を目の前にして、お母さんの足元はだんだん怪しくなっていき、翔平の半身に、ゆらゆらと全身を委ねてくるのだった。

「ねえ、あの小さな島がどうかしたの？」

お母さんの甘えた声が、翔平の耳にはかすれて届いてきた。

「太陽が海に沈んでしまう十分ほどの間に、あの島も消えてしまうんです。その間、島の周囲は目がくらむほど美しい茜《あかね》色に染まって、ぼくはいつも不思議の世界に誘われていました」

「えっ、島が消えるって、どういうこと？」

「おじいに聞きました。潮位とか潮流の関係だそうです。でも、ぼくの目には、あの島がズブズブと碧い海に飲みこまれていくようにしか見えないのです」

「それじゃ、もうすぐ、あの島は水没してしまうのね」

「はい、よーく見ててください」

お母さんの手に力がこもった。

胸を寄せてくるのだ。これから一分も経たないうちに荘厳な海景色が目の前に広がっていくはずなのに、翔平の意識は自分の二の腕に集中して、どんどん呼吸が荒くなっていく。お母さんの胸の膨らみが強く密着してきて、沈んでいく夕陽をのんびりと見つめている気分が薄れていく。

またしても翔平の瞼《まぶた》の奥に、一週間前の、お母さんのあられもない姿がよみがえった。それは妖しい夢の如く。

(お嬢さんが隣にいるんですよ)

もう一度翔平は、お腹の中で注意をうながした。が、お母さんの胸の膨らみは、遠慮なしに押しつけられてくる。

翔平はこそっとお母さんの横顔を追った。素知らぬ顔をしている。大人の女性はおっかない。意識して胸を押しつけてくるのか、それとも神秘的な夕陽の世界に感動して、自然と躯《からだ》を預けてくるのか、お母さんの心の内がまったく読めないのだ。

翔平の心の動揺など関係なく、大きな太陽の下辺が、水平線に着水した。海面にぶつかった太陽の下側がゆらゆらと崩れ、海面を泡立たせていく。

オレンジ色とイエローを混在させながら光り輝く太陽の下側が、海面を焦がしているようにも見えるのだ。次の瞬間、あたり一面が色鮮やかな茜色に染まった。その光景はまるで金色、銀色の花びらを、海面一帯に大きく撒《ま》き散《ち》らしたように。

そのとき、翔平の耳に甲高い声が飛びこんできた。

「すごい！　きれい！」

ハッとした。それまで左手に持っていたスマホを、それは乱暴な手つきで砂浜に投げた玲奈さんが、履いていたサンダルを脱ぎ捨て、波打ち際を目がけ、勢いよくダッシュしていたのだ。

翔平の目には、とても心地よく映った。

白いショートパンツから伸びる長い下肢の躍動より、命より大事そうに、いつも手にしていたスマホを、それは乱暴な手つきで砂浜に投げ出した彼女の、一瞬の豹変ぶりに、無理をして『うえず島』に誘ってよかったと、瞬間、翔平はわずかな自己満足に浸ったのである。

――ちょうど十日前、翔平の自宅の電話が鳴った。那覇の高校で教鞭をとっている父親からの連絡だった。いつもの口癖で、父親は早口で言った。「今度の金曜日の午後、学校の授業が終わったら、東京に行ってくれ」と。翔平は自分の耳を疑った。父親から上京の指示があるとは考えてもいなかったからだ。

「ぼく一人で……？」

翔平はあわてて問いかえした。

が、東京というひと言が父親の口から聞こえたとき、翔平の脳裏には瞬間的に麗《うるわ》しい女性の姿が、ポッと浮き出た。その名は新垣千尋《あらがきちひろ》さん。東京のコンサルタント会社に勤務していて、事もあろうに『うえず島』を買収してプライベートホテルを建てようと画策していたのである。

すでに半年近く経とうとしていた。

そんなことは露とも知らず、翔平は新垣千尋さんを案内した。秘密の洞窟を訪れたとき、二人は全裸になって泳いだ。彼女は島を案内してくれたお礼として、東京にいらっしゃいと誘ってくれた。ウキウキした気分で上京したその夜、翔平は渋谷《しぶや》にある彼女のマンションで、一人の男に脱皮した。

十八歳の出来事であった。

そのとき彼女は言った。正体もはっきりしないわたしに、翔平さんは優しく接してくれました。歳は離れていても、純粋に育ったあなたのことを本心から好きになってしまったの。あなたにお会いしたおかげで、わたしは十年前の新垣千尋に戻ったようよ。それにね、あなたほど素直に『うえず島』を愛している男性を裏切るわけにはいきません。曾祖父さまが買い取られた島は自然のままがいいわ……、と。結果、『うえず島』の買収計画は頓挫《とんざ》した。

彼女が投げてくれたその言葉は、偽りのない愛のメッセージであると翔平は理解した。

その後、新垣千尋さんから、東京に遊びにいらっしゃいという連絡をもらっていない。が、東京に行ったら、また新垣さんと会えるかもしれないという淡い期待は、いつも抱いていた。

しかし翔平の腹のうちなどまったく察していない父親は、すぐに上京の用事を伝えた。

「翔平が高校の一年のとき、パパを訪ねて東京からいらっしゃった宮本由里江さんのことを覚えているだろう。那覇空港の近くにあるレストランで食事をした女性だ」

翔平はぼんやり思い出した。

女性の横には女の子が座っていたが、宮本由里江さんは、その女の子の母親だった。娘さんの名前は玲奈さんと紹介された。元気のない子だった。顔は青白く、細っこくて、黒い髪だけがとても長かった。

「宮本さんがどうかしたの？」

宮本さんに会うのは面倒くさいなと考えながらも、東京に行ったら新垣さんに会えるかもしれないという期待は、急速に広がった。携帯番号は登録されている。

「娘さんの体調が悪いらしい」

父親はぼそっと言った。

冗談じゃないよ。翔平はすぐさま反抗したくなった。体調が悪いんだったら、専門の病院に行けばいいだろう。高校生のぼくが会いに行っても、彼女の体調が回復するわけもない。だいいち、二年前、初めて会ったときの、なんとなく憂鬱そうな、気分の重そうな彼女の姿に、よい印象はなにひとつ残っていない。

顔も忘れていた。

「ぼくが東京に行って、なにをするの？　ぼくはお医者さんじゃないんだよ」

翔平は半ば不貞腐れた。が、なにがなんでも断る気分にもならなかった。上京したら新垣さんと再会できるかもしれないという期待感を拭《ぬぐ》うことができなかったからだ。

「お母さんから、ぜひとも玲奈と翔平くんを会わせたいと、懇願されてな。翔平くんに励まされたら、玲奈は立ち直ることができるかもしれないと、電話の向こうで涙ぐんでおられた」

ウソだいっ！　翔平は腹の中で強く反論した。ぼくと玲奈さんはなんの関係もない。二年ほど前、那覇空港の近くのレストランで食事をしたときも、彼女はほとんど口を利かなかったし、食事の食べ方も実にまずそうで、印象の悪い女の子だと思っていたのである。だから玲奈さんと会っても、彼女の体調を回復させる方法は、まるで思いつかないのだ。

それでも翔平は、渋々といった口ぶりで問いかえした。

「どうしても、ぼくは東京に行かないといけないの？」

渋々の裏側にひそんでいる新垣千尋さんの影を追いはらうことができなかったのである。

父親の声が急に穏やかになった。

「行ってくれるのか。それはありがたい。それじゃ、今度の金曜日の、午後の飛行機のチケットを取っておくから、よろしく頼む」

翔平は声を殺して、ブフッと笑った。父親の口から、よろしく頼むなんて下手《したで》に出た言葉など、聞いたことがなかったから……。

石垣島から那覇空港までは、おおよそ一時間。そして那覇から東京の羽田空港まで三時間ほど飛行機に乗って、翔平が東京に着いたのは金曜日の夜、七時半ごろだった。

ターミナル駅に着いて翔平は、不満の独り言をぶつくさもらした。ぼくは『うえず島』の田舎者《いなかもん》なんだ。迎えに来てくれてもいいだろう。半年ほど前、新垣千尋さんに招かれて上京したときは、彼女は羽田空港まで迎えに来てくれた。それも彼女が高級乗用車を運転して、だ。

待遇が全然違うと、不平をもらす。

父親は冷たく言った。羽田空港からモノレールに乗って浜松町《はままつちょう》まで行き、そこからは山手線《やまのてせん》と西武線《せいぶせん》を乗り継いで石神井《しゃくじい》駅まで行ったら、宮本さんが駅まで迎えに来てくれる。翔平も高校の三年になったのだから、一人で電車に乗れるだろう。分からなくなったら、駅員さんに聞けばよい……、と。

無責任だ。『うえず島』には電車どころかバスだってない。

それでも翔平は駅員さんに電車の乗り継ぎを聞きながら、やっとことさの思いで石神井駅に辿《たど》りついたのである。駅前のロータリーに出たとき、一人の女性が満面に笑みを浮かべながら近づいてきた。おぼろげな記憶の底に宮本さんの面影がよみがえった。

「遠いところを来てくださって、ほんとうにありがとう。わたしのこと、覚えてくれているでしょう。宮本、由里江よ。玲奈は家で待っていますから、さあ、行きましょう」

お母さんは駅前で待機していたタクシーを呼びとめると、運転手に聞き覚えのない地名を言った。

でも、寒い……。

石垣島を出発するとき、翔平は東京の寒さ対策にと薄いカーディガンをはおっていたのだが、東京は凍えるほど寒かった。

タクシーは十分ほど走って、静かな街角で停まった。もちろん知る由もない街の風景で、あたりは暗闇に没していた。ずいぶん立派そうな家が何軒も並んでいて、窓からもれてくる明かりは薄暗い。あたりが暗いせいもあるが、寂しそうな街並みに映った。

十数メートル歩いてお母さんは一軒の家の門扉《もんぴ》を開いた。二階建てだった。でっかい家だ。『うえず島』では見たこともないような。あれっ……！　翔平はちょっとびっくりした。お嬢さんの玲奈さんは家で待っているとお母さんは言っていたのに、お母さんは手にしていたバッグから鍵束を取り出し、大きな玄関ドアの鍵穴に差したのだ。

（母親が帰ってきたら、ドアを開けて迎えるのが娘としての仕事だろう。それに、今夜はぼくという客がいるのに！）

が、お母さんはさほど気にする様子もなく、ドアを開けた。

玄関の内側は明るい照明が点《とも》されていたが、人の気配が感じられない。外気の冷たさも手伝って、寒々としているのだった。ちょっとおかしい。翔平の脳裏に直感が奔《はし》った。お母さんのご主人……、すなわち玲奈さんのお父さんはどこにいるのだ、と。

玄関の上がり框《がまち》の前には、何足かの靴が並んでいたのだが、全部が女性もので、男性用の靴がなかった。不審に思っている翔平に、お母さんはスリッパを揃え、さあ、どうぞお上がりなさいと勧めたのである。促されて翔平は玄関に上がった。

ピカピカに磨かれた廊下を奥に向かった。

へーっ、豪勢だ！　翔平は感嘆した。ドアを開けて入ったその部屋は大きなソファやテーブル、でっかいテレビ、天井まで届きそうな木製の飾り棚にはお酒のボトルがずらりと並べられ、その上、天井に吊るされた蛍光灯……、いや、違った、シャンデリアからはまばゆいほどの光線が放たれていたのである。

お母さんはそれまで着ていたコートを、はらりと脱いでソファの隅に投げた。

ええっ！　翔平は目を見張った。真っ白な半袖のセーターの胸元がむっくり盛りあがっていて、お母さんの姿をまともに見られず、目をふせた。しかもクリーム色のスカートはずいぶん短い。お母さんの年齢は、確か四十歳くらいだと聞いていた。お嬢さんが短大の二年生だというのに、びっくりするほど若々しい。

「お腹が減ったでしょう。今日あなたが来てくださるとお父さまからお電話をいただいて、おいしそうなフィレ肉を買っておいたのよ。お腹いっぱいステーキを召しあがってくださいね」

どことなく浮ついた声で言ったお母さんは、キッチンに歩いてエプロンを掛け、優しそうな笑みを投げてきた。明るい場所で見直すと、化粧が少し濃いような。そうだった。思い出した。新垣千尋さんも、『うえず島』の砂浜で初めて会ったとき、黒いサングラスを掛けた顔は、ずいぶん濃い化粧をしている人だなと思った。

お母さんの口紅はものすごく赤いし、目の淵が青い。あの化粧はアイシャドーというのだろうが、お母さんの表情をきつくしているだけのように見えた。

お腹が減っていることは間違いない。那覇から羽田までの機内で食べたのはビスケットとジュースだけで、腹の足しにもならなかった。肉を焼くジューシーな音が聞こえてきて、腹の虫がクーッと鳴いた。

仕方なく翔平は、ソファに腰を下ろした。

目に入ってくるのは、お母さんの後ろ姿。

こういうとき自分はどうすればいいのだろうかと、翔平は大真面目で迷った。

引きこもりの玲奈さんが出てきてくれたら話し相手になってくれるかもしれないが、誰かが廊下を歩いてくる気配はまったくない。

お母さんはときどき、ふいと振り向いてくる。そのたびに翔平はギクッとしてあわてて目を伏せ、視線をそらした。お母さんの背中やお臀《しり》を盗み見しているようで、ものすごく気まずいのだ。

肉を焼く音に混じって、香ばしい匂いが漂ってきた。魚は食べあきているけれど、このところステーキにはありついていない。

十分ほどして……。

「おいしそうに焼けたわ。さあ、召しあがれ」

大きな皿にステーキを載せたお母さんが、テーブルに戻ってきた。特製のでっかさ、だ！　皿を目の前にして、翔平はコクンと生唾を飲んだ。

ステーキだけじゃない。サラダにスープ、ご飯がテーブルに並んだ。ナイフとフォークを握って翔平は一瞬、真横の椅子に座ったお母さんの横顔を追った。

「あの、お母さんは食べないんですか」

と聞いた。

「わたしは済ませたのよ。あのね、今、二年前のことを思い出しました。那覇でお父さまとお食事をしたでしょう。そのとき、あなたは夢中になってお肉を頬張っていました。うらやましかったわ。元気な坊やと思って。だって、そうでしょう。玲奈はほとんど食事をしない子なんですもの。でも、あれから二年経って、素敵な青年に成長されたのね」

誉め言葉を並べたお母さんの、どこかうっとりしたような目で見つめられ、翔平は急に気恥ずかしくなった。

そのときは、お腹が減っていたのだ。なにを食べたのかよく覚えていないけれど、テーブルに出された食事はなにひとつ残さず、きれいに食べろと父親に教育されていた。

二年前の話はどうでもいい。ナイフとフォークを握りなおした翔平は香ばしい匂いを立ちのぼらせるステーキを頬張った。信じられないほど柔らかく、軽く嚙むと口の中に甘みが拡がって、びっくりするほどジューシーな味わいだった。

が、ステーキを半分ほど食べたとき、翔平はまたしても目のやり場に困った。

真横の椅子に腰を下ろし、笑顔で見つめてくるお母さんの太腿《ふともも》がものすごく気になり始めて、だ。短いスカートの裾からはみ出している太腿は、ストッキングを穿いているけれど、なめらかな丸みを帯びて、遠慮なく目に飛びこんでくるのだ。

膝上三十センチ近くにもなりそうで。

ジロジロ見ちゃいけないと思いながらも、視線はついつい向いてしまう。

（あの……、お父さんはまだお帰りにならないんですか）

太腿から目を離して、さっきから気になっていたことを尋ねようとしたが、言葉にはならなかった。頬張ったステーキの一部が口内に残っていたことより、聞いてはならない質問なのかもしれないと、翔平なりに気を遣った。

だいいち『うえず島』の自分の家も、普段はおじいとおばあの二人暮らしで、那覇で仕事をしている両親は、ほとんど帰ってこない。それぞれのファミリーにはそれぞれの事情があって、いつも家族団欒《かぞくだんらん》でいるはずがないんだと、翔平は大人の判断を下したのだが、真横に座るお母さんのきれいな太腿からは、どうしても意識が離れていかないのだ。

（ぼくって、新垣千尋さんと会ってから、ものすごくエッチっぽい男になってしまったのかもしれない）

自分より二十歳以上も年上のお母さんの太腿や胸の大きさばかりに、気を取られている。

翔平はまたナイフとフォークを握りなおして、こっそり首を振った。今日、自分が東京に来た目的は玲奈さんの体調を改善するためで、お母さんの相手をするためではなかった、と。

「それで、玲奈さんはこの家にいらっしゃるんですか」

翔平はあまり様《さま》にならない質問を発していた。

「お食事が終わったら、彼女のお部屋を覗いてみましょうか」

お母さんの返事は素っ気なかった。

「玲奈さんも食事が終わったんですか」

「あの子はお昼ごろ起きてきて、パン一切れと牛乳を飲むだけで、ほとんど食事をしないのよ。ほんとうに困っているんです」

「ええっ、パン一切れ……!」

「学校に行かなくなって四カ月ほど経ちますが、ほとんど自分のお部屋にこもってばかり」

信じられない。何日も部屋に引きこもって、いったいなにをしているのかということより、一日の食事がパン一切れと牛乳だけでは、ほんとうの病気になってしまう。彼女の好き勝手にさせておくと餓死してしまうと翔平は、本心から心配した。

「大学でなにかあったんでしょうか」

翔平は本気になって聞いた。

お母さんは玲奈さんとぼくが会ったら、元気を回復すると信じているらしいけれど、二年前の記憶は薄れていて、彼女の容姿もほとんど覚えていない。

「失恋したらしいのよ」

お母さんはいくらか投げやりな口調で言った。

えっ、失恋……？　翔平は口の中で問いかえしていた。

「短大の山岳会に入っていたのよ、玲奈は」

「山登りが趣味だったんですね」

「知らなかったわ。玲奈の話を聞くと、八甲田山《はっこうださん》に登ったとき、ほかの大学の学生さんと知り合って、急に仲よくなったとか」

「山の神さまの引き合わせだったのでしょうか」

「せっかくお友だちになったのに、すぐ別れてしまったらしいのね。玲奈は捨てられたみたい」

ひどい男だ！　と翔平は腹の中で罵《ののし》ったが、玲奈さんの容姿がまったく思い出せないから、一方的に男を責めることもできなかった。彼女の印象はとても暗い性格で、細っこい体型だったことぐらいしか頭に描かれてこないのだ。

「それで引きこもりに……？」

翔平は気落ちして問いなおしていた。

「たまにお部屋から出てきても、黙っているし、なにも食べないし、スマホばかりいじって、まるで脱け殻になっているのよ」

「病院に行ったんですか」

「本人がいやだと言って、お部屋に閉じこもったままなの」

玲奈を助けてあげたいの。わたしは母親でしょう。もっと明るい子だったのよ。でも、わたしの力ではどうにもならなくて、それであなたのお父さまに相談したら、翔平は海の子で、山の恋人を失ったお嬢さんの力になるかもしれないとおっしゃったんです……、と、お母さんは付け足した。

ええっ！　話が違うじゃないか！　翔平は怒った。父親の話とお母さんの話は真逆だった。が、今になって父親を責めても解決の糸口にはならない。

「部屋に引きこもったまま、スマホと睨めっこしているそうですね」

父親から聞いた話を翔平は、そのまま伝えた。

「ご不浄に行くときも、お風呂に入るときも、スマホを手にしたままなんです。山で知り合った男性は、東北の大学の学生さんらしくて、毎日、スマホで連絡していたらしいの。遠距離恋愛だったのね。もしかしたら玲奈は今でも、スマホを見ていると、またその男性から連絡が入るかもしれないと思って、ご飯も食べずに、今もひたすら待っているのかもしれないわ。かわいそうでしょう」

きっと縁がなかったんだよ……。翔平は突き放した。

だって自分と新垣千尋さんは、年齢も離れている上、沖縄の南の果ての孤島と東京という、ものすごい遠距離にありながら、彼女は『うえず島』を訪ねてきてくれたし、東京にも招待してくれた。遠距離が失恋の原因になるとは考えにくい。

「ぼくはなんの役にも立たないでしょうけれど、ステーキをご馳走になりましたから、玲奈さんと会ってみましょうか。ぼくのことを覚えているかどうか、わかりませんが」

「お願いします。わたしの力ではどうにもならないの」

お母さんは力なく立ちあがった。

腕を取ってあげないと倒れそうなほど頼りない。ついさっきまでの元気はどこへいってしまったのか。そう考えてしまうほど萎《しお》れている。

リビングを出てお母さんは、薄暗い階段を上りはじめた。廊下も階段もひんやりとした寒気に包まれていた。いやだな……。お母さんの後を追って階段を上りながら、翔平はひどく憂鬱になった。さっさと帰りたい。けれどこの家が石神井にあることはわかっていても、ほかに泊まる場所もない。

こんな遅い時間に、新垣千尋さんに連絡もできないし。

明日の朝、早々に家を出ていってやる。明るい昼間だったら、駅に行く道も教えてもらえるだろう。そのついでに父親に連絡して、ぼくを騙《だま》したじゃないかと怒ってやると腹の中で息巻いた。

階段を上がってすぐの部屋の前で、お母さんは立ちどまった。このお部屋よ……と、お母さんは小声で言った。自分の子供なのにお母さんの声はすごく遠慮している。翔平はそう感じた。

子供の前で声をひそめることなんかないじゃないか、と。

ぼくの母親は人前であろうがなんであろうが、ぼくが悪いことをすると天地がひっくり返るほどの雷を落とす。ぼくはいつも震えあがった。でも、ママのことは大好きで尊敬している。それが親子の関係だと思っている。

それでも玲奈さんのお母さんは、勇気を奮い起こしたふうな手つきでドアをノックした。何回ノックしても返事はない。なにをやっているんだよ。部屋にいるんだろう。翔平は怒鳴りたくなった。

入りましょう……。あきらめたのか、それとも親の威厳を取りなおしたのかよくわからなかったが、お母さんはドアを押した。

わずかな軋《きし》み音が静まりかえった廊下に反響した。

お母さんは一歩足を踏みいれ、玲奈……、と呼んだ。返事はない。室内は薄暗い。どうぞ入ってください……。お母さんに促され、翔平も一歩入った。暖房は入れていないのだろうか、部屋は寒い。壁に沿って置かれたベッドで足を投げ出している女の人がいた。

ジーパンにだぼだぼのセーター。両手でスマホを握りしめていた。夢遊病者のようだ。翔平の目にはそう映った。薄暗くてよく見えないが、人間の生気がまったく感じられない。

「玲奈さん、ぼくです。二年ほど前、那覇空港の近くで一緒に食事をした上江州翔平です。覚えていますか」

丹田に精いっぱい力をこめ、翔平は言った。が、力をこめたわりに声は小さく、震えていた。

しかし翔平の呼びかけにも、玲奈さんからの反応はまるでなく、左手に持っていたスマホを右手に持ち替えただけだった。玲奈、ご挨拶をしなさい……。お母さんが呼びかけたが、彼女の口はついに開かなかった。

「戻りましょう」

お母さんは力なく言い、部屋を出た。翔平も抗する術もない。よほどの重症なのだ。失恋したくらいで、腑抜けになるなよと励ましたくなったが、今は声をかけても無駄だろうと、翔平はお母さんの後につづいて階段を下りた。

「今夜はこのお部屋でお休みになってください」

お母さんに連れられて入った部屋は、二十畳近くもありそうな大きな洋間で、淡いブルーのカバーが掛けられたダブルサイズのベッドがふたつ並んでいた。

高校の寮生活は木製の二段ベッドだった。しかも幅が狭くて寝づらかった。とても窮屈だった。それに比べるとふたつ並んだ大きなベッドは、飛んでも跳ねても余裕がありそうで、今夜はゆっくり眠らせてもらいますと、翔平は憂鬱な気分からすっかり解放された。

父親の命令で玲奈さんに会ったことは間違いない。声もかけた。返事はなかったけれど、翔平は役目の一端は果たしたつもりでいる。

ベッドの横に並んでいた整理ダンスからお母さんは一枚のパジャマを取り出し、ベッドの隅に置きながら、お風呂に入ってください。お部屋を出たすぐ横ですから……、と言った。

でも、そのときになって翔平はまた、脳味噌が混乱した。

(この部屋は誰の部屋なのだろうか)

と。客間でもない。

壁に沿って大きな化粧台が置かれているし、テレビもある。洒落たキャビネットには、一輪の花を挿した花瓶も置かれている。

(ひょっとしたらお母さんの寝室なのか?)

そうすると、ぼくが寝ようとするベッドは、まだ一度も会っていないご主人用なのかもしれない。そこまで推測して翔平は、ブルッと身震いした。ぼくはとんでもない過ちを犯そうとしているのかもしれない。

ご主人の留守をいいことに、こっそりベッドを借用するなんて、ひどいことをする、と。

「遠慮なさらなくてもいいんですよ。今は誰も使っていないベッドですから」

お母さんの声は優しかった。ぼくの気分を慮《おもんぱか》ってくれている。翔平は少し安心した。

「それではお風呂に入ってきます」

翔平はパジャマを手にして部屋を出た。

大きなバスタブに浸かりながら翔平は目を閉じた。変な家だ……、と思いながら。ご主人やその他の家族が同居しているとは、とても考えられない。静かすぎる。風呂場だって人間の気配がしないのだ。久しぶりにお湯を浸したバスタブのような感じだ。

それに……、ぼくには荷が重すぎるよ。お嬢さんの介護が、だ。チラッと見ただけだったが、能面のような冷たい表情は、人間らしい血の通いがうかがえなかった。

ああいう人は苦手なんだ。手に負えない。明日は朝一番で引きあげさせてもらう。こんな厄介な家にいつまでも関わりあっているなんて、時間の無駄遣いじゃないか。

二十分ほどバスタブに浸かって明日の予定を決めた翔平は、お母さんが用意してくれたパジャマを着て部屋に戻った。

あれっ！　翔平は小さな驚きの声をあげた。部屋の雰囲気がガラリと一変していたのである。部屋の片隅に置かれた足の長いスタンドからオレンジ色のほのかな明かりが放たれているだけで、室内は薄暗くなっていた。

しかもどこからか静かなＢＧＭが流れてきて、ほんわかとした温かいムードを醸《かも》し出していたのである。

（スタンドの明かりを消してもいいのかな）

まるで落ちつかなくなって翔平は、室内をうろうろ歩きまわった。そうしているうちに、隣のベッドに誰が寝るのかも気になりはじめた。まさか玲奈さんが寝るわけではないだろう。

そうすると、お母さん……？　それは困る。

リビングのテーブルでステーキをご馳走になっていたときのお母さんの姿が、思いっきりはっきりとよみがえった。短いスカートからはみ出ていた太腿の輪郭が、目の底に浮かぶ。

こんなにほんわかとした暖かい空気の漂う部屋で、お母さんのセクシーな恰好を目にしたら、眠れるはずもない。どうしたらいいんだ？　室内を右往左往する足が、急に忙《せわ》しくなった。明かりを消して真っ暗にしたら、お母さんがどんな恰好をして入ってきても、驚かない。なにも見えないのだから。

そうすべきだ……。心に決めてスタンドに向かって歩こうとしたとき、部屋のドアがキシッと鳴った。ドキンとして翔平は振り向いた。

ああっ！　声をあげそうになったが、喉がかすれて音声にならなかった。ついさっきまで、頭の後ろに丸く結んでいたお母さんの黒い髪は背中まで流れていた。濃い化粧は落とされ……、いや、そんなことより、お母さんの全身は淡いピンクのネグリジェのような薄物をまとっていたのである。

肩のまわりは剝《む》き出しで、ピンクの薄物は細い肩紐で吊られているだけだ。

スケスケ寸前の危うさ……。

オレンジ色の淡い採光が、お母さんの地肌、体型のシルエットを浮き彫りにしている。

「疲れは取れましたか。飛行機の旅は若いお躯でもお疲れになるでしょう」

自分がどんな恰好でいるのかなど、まるで気にするふうもなく、お母さんは大型の化粧台の前に腰を下ろして、長い髪に櫛を入れ始めた。

ドギマギするだけ。

ぼくはどこを見ればいいのだと、翔平は一人で立ち往生した。

「そんなに疲れていません。飛行機はたった四時間ほどしか乗っていませんから」

答えた声がかすれた。

淡いオレンジ色の明かりは、ピンクの薄物を素通しにして、胸の隆起まではっきり浮き彫りにしてくる。

「わたしは今夜、久しぶりにゆっくり休むことができるわ。いつも玲奈のことが心配になって、熟睡できなかったの。ひょっとしたら家出をするかもしれないでしょう。お部屋で暴れるかもしれないわ。でも、今夜は翔平くんがしっかりガードしてくださるから、わたしは安心できるんです」

そんなのんびりしたことを言わないでください。翔平は大いに抗議したくなった。お母さんは安心できるかもしれないけれど、半分裸みたいな恰好をしているお母さんが同じ部屋にいたら、ぼくが眠れなくなるじゃないですか、と。

「あの、お母さんはそちらのベッドで寝るんですか」

それでも翔平は用心深く問うた。

にっこり微笑んだお母さんの顔が、鏡に大写しになって、長い睫毛《まつげ》をピクピクと震わせた。

「そのベッドはわたしのベッドですよ。冷たく追い出さないでくださいね」

あーっ、困った。ふたつ並んだベッドの隙間は五十センチほどしかない。手を伸ばすと簡単に届いてしまう距離だ。寝息も聞こえるだろう。生温かそうなお母さんの体臭も、ふわふわ漂ってくるかもしれない。ゆっくり眠れるはずはない。

「電気は消すんでしょう」

翔平は問いかけた。

「翔平くんはもう眠たいの？」

問いかえされた。

眠いはずがない。風呂に入っていたときは、わずかな眠気に誘われたが、今は心身ともにピカピカ、ギラギラの潑剌状態《はつらつじょうたい》に押しもどされている。

「いえ、あの、それが……、ぼくは慣れていないんです。女の人と同じ部屋で寝ることに。いえ、ほんとうですよ、初めてです」

翔平はウソを言った。新垣千尋さんのマンションに泊まったとき、二人はひとつのベッドに潜りこんだ。が、あのときは『うえず島』の碧い海で何度も躯を寄せ合うトレーニングを積んでいたから、それほどの抵抗感はなかった。

いやむしろ二人は、積極的にお互いの躯を求めた。

が、今は根本的に状況が違う。お母さんとは二十歳以上も歳が離れていそうだし、多分、ご主人がいるのだろう。同じ部屋で寝ること自体が、お母さんの浮気気分を煽《あお》っているようなものである。

しかも同じ家の二階にはお嬢さんがいる。

一人の男として、ぼくはやってはならないことをやろうとしているのだ……。

翔平は本気で部屋から飛び出したくなった。

ああっ！　翔平は小声をあげた。化粧台のスツールから、ふらりと立ちあがった。たお母さんが、恥じらいの笑みを目元に浮かべ、いくらか頬を紅潮させながら、ゆっくり近づいてきたからだ。スケスケの薄物の内側で、ふたつの肉の隆起がゆらりと揺らめいた。

それに……、翔平はしっかり確認した。ピンクの薄物の股間に浮きあがった逆三角形の布を。色はブルー……？　その布がお母さんのパンティであることは間違いない。

「まだ眠くなかったら、少しお話をさせてちょうだい」

お母さんの甘い声が、全身にしがみついてきた。

「ええ、はい。で、ぼくはどこに座ればいいんですか」

翔平はあわてた。薄物をまとったお母さんが眼前に迫ってきたからだ。

「座るのじゃなくて、ベッドに寝てください。仰向けになってよ」

あーっ、もうだめだ。お母さんの手が、軽く胸を突いてきた。抵抗する力も出てこないで翔平は、ドドッとベッドに仰臥《ぎょうが》した。そんなに近づいたら、いけません！　翔平はまた激しく抗おうとしたが、全身に力が入らなかった。

仰向けに寝た真横に、お母さんは添い寝の恰好で躯を寄せてきたのである。お母さんも風呂に入ってきたのだろう。ピンクの薄物の胸元から生温かい甘さがもれてきて、仰向けになった自分の顔を柔らかく包んでいく。

「ねえ、翔平くん……、わたしは中年のおばさんに見えますか。四十歳をひとつ超えているのよ。もしおばさんに見えたら、はっきり言ってちょうだい。わたしは自分のベッドに戻ります」

問いつめられた。

おばさんに見えますと答えることは、お母さんを侮辱することになる。翔平は自分なりに判断した。ほとんど化粧をしていないお母さんの素顔は、四十歳を超える年齢にはとても見えない。翔平の正直な感想である。素肌はツヤツヤしているし、ネグリジェの裾から伸びる腕も、しっかり引きしまって、肉のゆるみがない。

「ほんとうのことを言うと、二十歳になる玲奈さんのお母さんだなんて、信じられないんです」

本心からだった。

「よかったわ。あなたにおばさんと思われていたら、家から出ていこうかしらと考えていたのよ」

「ウソじゃありません。お世辞でもありません。ほんとうのことです。でも、ぼくは今、ものすごく心配しているんです」

「あら、なにを……？」

「お母さんには玲奈さんというお嬢さんがいるんですから、その……、ご主人がいらっしゃるんでしょう。だから奥さんなんです。奥さんの立場にいるお母さんが、違う男とこんなことをしたら、それは、その……、不倫とか浮気になるんじゃないかと」

添い寝の形を取ったお母さんの表情に、ほんのわずかな歪《ゆが》みが浮かんだ。山形に美しく整った唇の端に、小刻みな痙攣《けいれん》を奔らせる。

ドキンとした。強い緊張感を覚えた。

お母さんの右手がふわりと胸板に重なってきたからだ。指先に力をこめ、撫でてくる。いや、指先でこねてくるのだ。こんな妖しげな動作は、本格的な浮気じゃないか。翔平はそう感じたが、お母さんの手を払いのけることができなかった。お母さんの指が動くたび、軽い痺《しび》れを伴った心地よさが全身に拡がっていくからだ。

(ぼくって、だらしない)

お母さんの浮気を阻止できないなんて、情けない、と。

全身に拡がっていく心地よさは、たちまち股間に熱気をこもらせる。どうにも抑えることのできない力のうねりが、チンポの根元にウズウズと感じる疼《うず》きを加えてくる。あと十秒も同じ刺激を与えられたら、チンポはたちまち、ビクンと勃《た》ちあがってしまうだろう。

そんなみっともない恰好は見せられないと、翔平は膝を立てて、股間を防御した。

「もう十五年も前になるわね、玲奈のお父さんと離婚したのは……」

お母さんの口から、意外なひと言がもれた。

「えっ、離婚……?」

「そうよ。あの人は商社にお勤めしていて、ずっと外国に駐在して、結局、結婚生活をつづけることができなかったんです」

遠距離恋愛ではなく遠距離結婚生活に破綻《はたん》がきたのだろうと、翔平は自分なりに判断した。

「十五年前に離婚されて、それからずっと玲奈さんと二人暮らしだったんですか」

問いなおして翔平は、わずかに安堵した。独身に戻っていたら、今はなにをしても浮気や不倫じゃないのだ、と。

「一度だけ素敵な男性と巡りあって、恋をしたんです。素晴らしい方だったわ。でも、その男性には奥さまがいらっしゃったのよ。彼のご家庭を壊してはいけないと思って、デートのときはいつもこっそりと……」

「その男は浮気をしていたんですね」

答えたとき、瞬間、翔平はハッとした。ひょっとするとその男性は父親じゃないか、と。が、東京と那覇という遠距離のせいか、お母さんと父親の接点が、どうしても見つからない。

「でもね、その方はご家族を愛していらっしゃいました。ですから深みに嵌《は》まることはなかったの」

あーっ、だめだ。真剣な打ちあけ話をしているというのに、お母さんの指の動きは止まらなくて、左右の乳首のまわりを丸く、そしてゆるゆると撫でまわしてくるのだ。

ときどき、乳首を見つけては、指の腹でこねてきたりする。

心地よさは強い刺激に変化して、チンポの根元をどんどん熱くしていく。熱くするだけじゃない。ビクンビクンと勃ちあがってきて、パジャマをこすってくるのだ。

あとは一気呵成！　自分の意思だけでは、止めることもできない。

「あの……、その男性とは、今も会っているんですか」

熱気のこもってくる股間から必死に意識をそらし、翔平は聞いた。

父親との関係も質《ただ》そうと考えて。

「うふっ、聞きたいの？」

お母さんの頬が一段と赤く染まった。

聞きたいような、聞きたくないような。

もし付き合っていたとすると、お母さんはその男の前で、こんな淫らな姿をさらして、男の肌を撫でまわしているのかもしれない。ましてや父親が相手だったら、幻滅だ。ぼくは力ずくでも逃げ出さなければならない。

「話したくないんだったら、話さなくてもいいんです。お母さんは玲奈さんのお母さんだけでいてほしいと思います」

翔平の正直な気持ちだった。

「今はね、ときどきお電話だけ……、かしら。困ったときの相談相手になってくださるの」

大人の言葉で、うまく騙されているのかもしれない。翔平はそうも考えたが、執拗《しつよう》に問うことはやめた。ほんとうのことを知っても、今のぼくにはなんの得にもならないのだ、と。

「でも、お母さん、あの……、ぼくはちょっと具合が悪くなってきたんです」

股間のムズムズは限界を超えようとしていた。チンポは八分咲きまで成長している。その一方で、ぼくとお母さんはどうしてこんなことをやっているのだと、半分は憤《いきどお》っている。

「具合が悪いって、お腹が痛くなったとか？」

本気で心配したらしいお母さんは、添い寝していた顔を上げ、注意深い視線を翔平の全身に投げた。だめです、そんなに見ないでください……。翔平は強く拒んだ。パジャマのパンツの前は、こんもり盛りあがっていて、隠しようもない。

股間の異常を見つけたお母さんの、なんとなく嬉しそうな目つきが、翔平の顔に戻ってきた。恥ずかしいったら、ありゃしない。男の恥部を見つけられてしまったからだ。

「ねっ、具合悪そうでしょう。さっきから暴れはじめたんです」

翔平は開き直った。パンツの膨らみを発見されてしまったのだから、もはや言い訳はできない。

「翔平さんはやっぱりお若いのね。わたしたちはなにも悪いことはしていないのに」

「だってお母さんはスケスケのネグリジェを着ているんですよ。さっき、パンティの形も浮き彫りになっていました。おっぱいだって見えそうで……。それに、こんな近くに寄りそってこられると、お母さんの甘い匂いとか、生温かい体温がはっきり伝わってきて、勝手に大きくなってしまうんです」

「わたしは悪い女みたい」

「いえ、悪いとかそういうことじゃなくて、お母さんほどきれいな女性が横にいたら、昂奮してくるのが普通でしょう」

「ああん、ほんとうに昂奮してくれたのね」

「ぼくの躯を見てくださったら、わかるでしょう。もう、あの……、ビンビンに勃っているんです」

あっ、なにをするんですか！　あわてふためいて翔平はパジャマの前を押さえた。お母さんの指がパジャマのボタンをはずしはじめたからだ。

（ぼくを裸にするんですか）

必死に抵抗しようとしたが、手に力が入らない。むしろ全部脱がせてくださいと胸を張っている。ここまで昂奮してしまうと、自分の意思では自分の行動を制御できなくなってくる。

「さっきも言ったでしょう、わたしは四十一歳になったの。翔平さんほど若い躯を見るチャンスもなくなってしまったわ。ねっ、ですから、見せてちょうだい、十八歳の逞《たくま》しいお肌を」

懇願された。

翔平は覚悟した。今さら後退することはできない。お嬢さんの強度な引きこもり症ですっかり落ちこんでしまったお母さんが、少しでも元気を回復してくれるのだったら、自分の裸を見せることなんか容易《たやす》いことだと居直って、自らの指でパジャマのボタンを、パッパとはずした。

ああっ！　翔平はびっくりした。いきなりお母さんは半身を起こし、横座りになったからだ。薄物の内側で、それは大きそうなおっぱいが、ゆらりと揺れしなった。薄い布に乳首がピクンと浮きあがった。そんなことを気にもとめず、お母さんの視線は裸になった翔平の胸まわりを舐《な》めまわした。

それほど大きな躯ではない。身長は百七十二センチで体重は六十八キロだった。が、おじいの漁を手伝って、しょっちゅう海に出ている肉体は焦げ茶に焦げ、いつも櫓《ろ》を漕いでいるせいで、胸板の筋肉は隆々としていた。

口紅も塗っていないはずのお母さんの唇が赤く腫《は》れ、そして半開きになった。じっと見すえてくる瞳をキラキラ光らせて。

「素敵……、だわ。それに、惚れ惚れするほど、逞しい……、んです」

お母さんの口から、呆けたような声がもれた。

「黒いでしょう」

「健康的なの。あーっ、頬を寄せたら、わたしのほっぺも焼けてしまいそうなほどよ」

「いつもおじいと漁に出かけていますから、焦げまくってしまいました」

「ねっ、ちょっとだけさわってもいいわね」

翔平が答える前にお母さんの指は伸びてきて、胸板の筋肉をそろりと撫でた。硬いの。バンバンに張っているのね……。お母さんの声は上ずっていき、翔平の顔面や胸板に、生温かい吐息が吹きかかってきた。

翔平は自分できっちり認識した。勃ちあがっていくチンポと同じ速度で、乳首が跳ねあがっていくことを。お母さんの指の腹がいたずらっぽく乳首をこねてくる。

あっ、いけねーっ！　翔平は懸命に腰を引いたが、なんの役にも立たなかった。全開したチンポの先っぽから生ぬるい粘液がジュクッと滲《にじ》んできて、パジャマのパンツを濡らしたからだ。このパジャマは借り物だった。汚したらいけない。が、男の汁は止め処もなく滲んできてパンツに染みていく。

もはや言い訳ができない状態に陥った。

「もう、わたし、我慢できません」

舌がもつれたような物言いになったお母さんの唇が、突然、ふわりと落下してきて、張りつめた胸板にピタリと張りついたのだった。舌が出た。チロチロ舐めてくる。いや、ヌルヌル舐めまわして、陽光を浴びて焦げた肌を味わっている。指で撫でられていたときの快感とは段違いの気持ちよさが、全身を駆けめぐった。男の汁はその量を増し、男の袋をキュッと引き絞ってくる。

「お母さんはずるいです」

翔平は呼吸を荒くして訴えた。

お母さんの指や唇は好き勝手に撫でたり舐めたりしているのに、自分の手は完全に行き場を失って、ベッドのシーツを鷲づかみにするだけだったから。お母さんの躯をさわってはいけないと、翔平は自分に強く言いきかせていたのだが、ここまでやられると、とうとう愚痴が出た。

「ああん、ずるいって、なにが……？」

胸板から唇を離したお母さんが振り向いてきた。瞳は薄桃色に染まって、頬の赤みはさらに濃くなっていた。

「だってぼくは、やられっぱなしなんです。ぼくだって、あの……、お母さんの素肌をさわりたくなっているんです」

薄桃色に染まったお母さんの目が、薄物をまとった自分の躯に向いた。

「あん、こんなおばさんの躯でも、さわりたいと思ってくれているのね」

お母さんの口ぶりはひどく僻《ひが》みっぽくなっていた。十八歳の若者の肌と比較されたくないという女性の美意識を剥き出しにしてくるのだ。

「誰がおばさんの躯って言ったんですか。お母さんの頬っぺたは少女のようにツヤツヤ光って、美しい肌を漲《みなぎ》らせています」

「ほんとうに……？」

「お世辞なんかじゃありません。そうだ、今度、チャンスがあったら、『うえず島』に来てください。観光客なんか一人もいませんから、素っ裸になって泳げます。そうしたら、お母さんの躯がどのくらい若くてきれいか、ぼくと比べることができるでしょう」

「あん、あなたの島に遊びに行ってもいいのね」

「大歓迎します。二人で遊べる秘密の場所はいくらでもあるんです」

「あーっ、それじゃ、わたしの裸も見てちょうだい。『うえず島』で裸になって泳ぐ予行練習よ、ね」

言い訳がましく言ったお母さんは、横座りになったまま、いきなり薄物のネグリジェを頭から剝ぎ取った。反射的に翔平は半身を起こして、真正面からお母さんの半裸を見つめた。

お椀型をした乳房の頂に五十円玉ほどの大きさの乳輪が、薄茶になって張りついていた。乳輪よりいくらか濃いめに色づいた乳首は痛そうなほど尖《とが》っている。

わたしのおっぱい、まだ崩れていないでしょう……。お母さんは恥ずかしそうに口ごもりながら言い、おっぱいの下側を両方の手のひらでそっと支えあげた。上を向いた乳首がさらに尖って、ピクンと跳ねた。

「ぼく、吸いたくなりました」

翔平は正直に自分の気持ちを伝えた。

「おっぱいを……？」

問いなおしてきたお母さんの声が、小刻みに震えた。

浮気でも不倫でもない。けれど、はるか年上としてのお母さんの良心が強いためらいを覚えさせたのだろうか。

「優しく舐めてくださいって、お母さんのおっぱいが訴えてきているように見えるんです」

「そうよ、そのとおりだわ。吸ってほしいの。あーっ、何年ぶりかしら、素敵な男性のお口を、おっぱいに感じるなんて……」

お母さんは両手を逆手にベッドにつき、上体を反らした。お椀型の乳房が勢いよく跳ねあがった。翔平は抱きついた。無我夢中で乳房に口を重ね、尖った乳首を吸った。甘い母乳が滲んでくるような錯覚に陥った。

尖った乳首をヤワ噛みして、唇をいっぱいに広げ、頬張った。

「あーっ、素敵、素敵よ。感じます。ねっ、痺れてくるわ。全身が……。ねっ、聞いてちょうだい。あーっ、わたしの……、ねっ、お股の奥が熱く火照《ほて》ってくるの。ヒクヒクしてくるわ。どこのお肉がヒクヒクしているのか、あなたは十八歳の男性でも、ちゃんとわかってくださるでしょう」

答えるかわりに翔平は乳首を吸ったまま、お母さんの半裸を押し倒した。真上から組み伏せる。そのときになって翔平はやっとお母さんのパンティの色を確認した。

やはり濃いブルーだった。が、フロントのほとんどが網目で、白い肌が網目の隙間からチラチラと覗いているのだった。

「お母さん、ぼくのパンツの中に手を入れてください。お母さんよりずっと熱くなって、それから、ヌルヌルになっているんです。気持ち悪くなかったら、さ、早く」

誘って翔平は股間を突き出した。

お母さんの手が、それはもどかしそうに、パジャマのパンツのゴムをかいくぐってきた。そそり勃つチンポの先っぽにふれたとき、お母さんの指はピタリと止まった。しばらくの時間をおいてお母さんの指は、張りつめた亀頭のまわりを、ヌルヌルと這いまわり始めたのだ。

太さや硬さを確かめるような指の動きだ。

「ねっ、立派よ。硬いだけじゃなくて、弾力があるんです」

「でも、お母さん、そんないじられ方をすると、どんどん気持ちよくなって、あの、ビュッと噴き出てしまいそうです。ぼくって、我慢が足らないんです」

「出てしまうって、それは、ああん、出てしまいそうなのね」

昂《たか》ぶりのあまりか、お母さんはわけのわからない言葉を紡いだ。

「はい。お母さんの手をベットリ汚してしまいそうです」

「いいわ、そんなこと心配しないで、出したかったら、出してしまいなさい。我慢は躯に毒よ」

ああっ、びっくりした。お母さんの指がパンツのゴムに掛かって、ズルリと引き下げたからだった。赤黒く怒張したチンポは、お母さんの白くて細い指にしっかり握られ、男の汁が亀頭を艶光りさせていたのである。

(ぼくだって!)

翔平は気張った。

噴射までの時間はほとんどない。どうせあたり一面に撒き散らすのだったら、もっともっと昂奮したい。翔平はお母さんのパンティに手を差しこんだ。ジョリッと感じる黒い毛の群がりに指先をすき入れた。

「あーっ、もっと奥まで来て」

お母さんは叫んだ。そして無理な体勢でも、太腿を大きく開いたのだった。翔平の指は黒い毛をすべった。お母さんの股間が大きく跳ねあがった。翔平の指を深く迎え入れる形を取ってきた。

ハッとした。進めた指先が生ぬるいぬかるみにズブズブと埋まっていって。

「お母さんも濡れています。ネバネバになっています。お母さんも気持ちよくなっていたんですね」

声をかけたが答えは返ってこない。

その代わり、指を飲みこんだぬかるみの肉が、ピクピク、ヒクヒクうごめいて、指のまわりにヒタヒタと粘ついてくるのだった。

（お母さんのオマンコは、どんなことになっているんだ？）

考えたがはっきりとした答えは出てこない。

次の瞬間、翔平はうなった。チンポの先っぽに、生ぬるい粘膜がかぶさってきたからだった。あわてふためいて翔平は自分の股間を覗いた。驚いた。長い髪を振り乱したお母さんの顔が股間に埋まっていたのである。生ぬるい粘膜はお母さんの口がチンポを深々とくわえていたからだ。

思わず翔平は股間を突き上げた。

快感が爆発した。二十歳以上も年上のお母さんが、ぼくのチンポをくわえているという現実が、耐えに耐えていた翔平の我慢の堰《せき》を爆破させたのだった。瞬間、凄まじい勢いでチンポの真ん中を、男のエキスが噴出していった。痺れるような快感が吹きぬけていく。

同時に、お母さんのオマンコに差しこんでいた翔平の指に、まるで膣痙攣を起こしたようなひくつきが奔りぬけていったのだった。

それまで履いていたゴム製のサンダルを蹴散らし、波打ち際に向かって走り出した玲奈さんの、とても無邪気そうで潑剌とした後ろ姿を追っていると、翔平はフッと、胸の奥に熱いなにかがこみ上げてくるような感動を覚えた。

しかも彼女は、命より大事なスマホを砂浜に放り出していた。

翔平の腕にしがみついていた玲奈さんの母親が、アッ！　と小声をあげ、玲奈さんのあとを追いかけようとした。

翔平は母親の腕をむんずとつかんで引きとめた。

「お母さん、お嬢さんはしばらく一人にさせてあげたほうがいいと思います。ほら、太陽が水平線に沈みかけて、海面がまばゆいほどの茜色に染まっていくでしょう。玲奈さんは今、宇宙の神秘に呼びこまれているんです」

翔平の声に、由里江さんは足を止めた。

そして大人しく翔平の傍らに身を戻した。

「ほら、見てください、あの小さな島を。まわりの海面が茜色に染まってきたでしょう。あの島は少しずつ海に飲まれていくんです。あと十分もすると、完全に水没します……」

お椀形の小さな島影を指差しながら翔平はお母さんに語りかけた。

お母さんの顔が翔平の肩に埋もれてきた。

「茜色に輝く海も素晴らしいわ。でも、わたしには、裸足《はだし》になって海に入ろうとしている玲奈の姿が信じられないんです。暗い部屋に閉じこもって、ご飯もろくに食べなかったあの子が、素足になって海に入ろうとしているんですよ」

お母さんの声が感極まったように、喉に詰まった。

「人間の浅知恵で作ったスマホ遊びより、大自然の美しさに玲奈さんは、人間としての感激を味わっているのではないでしょうか。ぼくはそう思います」

二十歳以上も歳の離れているお母さんに対し、翔平はまるで、自分のほうが年上の男になったようなつもりで説得した。ちょうど一週間前、東京の石神井にあるお母さんの家で衝動的に交わった関係が、翔平を大人の男に変身させていたのかもしれない。翔平の大人びた接し方に、お母さんの様子も、すっかり従順そのものになっているのだ。

「あなたはまだ十八歳でしょう。お父さまが息子を東京に行かせるから、玲奈さんと会わせてみなさいとおっしゃったとき、ほんとうのことを言うと、お断りしようと思ったんです。だって、わたしの思い出に残っている上江州翔平さんという男性は、中学を卒業したばかりのかわいらしい少年だったんですもの」

「二年前、那覇でお会いしたときは、確か、クリクリ坊主でした」

その当時を思い出して翔平は、やや気恥ずかしくなり、五分刈りにした髪を指で掻いた。ほんとうは高校生になったら長髪にしてやると力んでいたこともあったが、漁師の孫が長い髪にするんだったら、二度とわしの舟に乗せねえぞ……、とおじいに厳しくたしなめられ、五分刈りで我慢している。

「一週間前、あなたは東京に来てくださった」

「はい。父親の厳命です。いやとは言えなかったんです。ほんとうはぼくだって、あまり乗り気じゃなかったんですよ。玲奈さんの印象がよくなかったんです。暗くて、わがままそうで」

翔平は悪びれずに本心を伝えた。

「ねえ……」

短い声をかけたお母さんの手が、また二の腕に絡まってきた。全身を寄せつけてくる。一週間前の出来事が、お母さんの躯の柔らかさや温かみを伝えてきて、躯の芯を熱くしていく。

「ぼくは悪いことをしたんでしょうか」

「いいえ、お誘いしたのはわたしのほうよ。のぼせちゃって、前後の見境もなくなって。でも、あの夜のことがあったから、わたしは玲奈を連れて、こんなに遠い島まで来てしまったんです。もしかしたら、あなたの力で玲奈も元気になってくれるかもしれない、と」

「元の躯に戻りそうな兆候が、少し出てきましたね。玲奈さんは、ほら、膝まで海に浸かって、大きな声をあげているでしょう。ゆっくり沈んでいく太陽にさようならと、声をかけているのかもしれません」

「あの子はずっと引きこもっていたのに……」

「引きこもりなんて、すぐ治りますよ」

「一週間前、翔平さんはおっしゃったでしょう。いつでもいいから『うえず島』にいらっしゃい、と。玲奈を連れていくというより、わたしが行きたくなったんです。あなたに会いたくて。それで……、矢も盾もたまらず、今日、来てしまいました」

心の奥にひそむ女の心情を吐露したお母さんは、それは恥ずかしそうな様子で、翔平を見あげた。女の人って、いくつになってもかわいらしい……。お母さんの表情を追いながら、翔平は男の満足感に浸った。

が、玲奈さんをほうっておくわけにはいかない。膝上まで海に浸かっているのだから。

「お母さん……、これからぼくは玲奈さんと海で遊んできます。きっと彼女は、もっと元気になるでしょう。ですから、お母さんはぼくの家に戻って、休んでいてください。離れ座敷には風呂もありますから、疲れを取ってください」

「玲奈のことを、お願いしてもいいのね」

「安心してください。この砂浜も海もぼくの庭みたいなものですから、危ないことはさせません」

翔平の二の腕に絡まっていたお母さんの手が、名残惜しそうに離れていった。

太陽が沈んでしまうまで、あと数分である。

家に帰る道を歩きはじめたお母さんの姿が松林の陰に消えていったとき、翔平は玲奈さんを追い、白い砂を蹴って波打ち際に向かって走った。

「玲奈さん！」

両手をメガホンにして、翔平は声をかけた。

すでに海水は彼女の膝上まで達している。が、このあたりの浜辺は遠浅になっていて、海底は砂地であるから、岩につまずいたりして、転んで溺れる心配はなかった。

翔平の声に気づいたのか、玲奈さんは顔をひょいと振り向いた。半袖のセーターも、白いショートパンツも、海面に反射するまばゆい光をまともに受けて、茜色に染まっているのだった。

衣服だけじゃない。顔の色もツヤツヤと輝いている。

一週間前、石神井の自宅で見たときの、能面のような青白さはすっかり影をひそめているし、それは愉しそうな笑みを、満面にたたえているのだった。

「海は冷たくないでしょう」

膝まで海に浸かりながら、翔平は声をかけた。

にっこり微笑んだ玲奈さんの表情が、美しくかわいらしい。

海面を蹴りながら翔平はさらに接近した。

「翔平さん、不思議です。さっきまで見えた島影が、どこかに消えてしまって……。ねっ、どこに行ってしまったんですか」

子供のような口調で玲奈さんは尋ねてきた。

「ぼくたち『うえず島』の人間は、消えてしまった島を『あかね島』って呼んでいるんです。でも、日本地図にも載っていないちっぽけな島ですから、夜になると海の底に沈んでしまうのかもしれません」

彼女の真横まで歩いて翔平は、茜色に染まった海面に目をやった。このあたりの潮位の変化や潮流のせいで、見えなくなってしまうことは、おじいから何度も聞いたが、島のすべてが海面に没することはないそうだ。

だいいち、島の頂には赤い鳥居を構えた神社があって、ノロさんが境内を守っていると、おじいに聞いた。神社を守る巫女《みこ》さんのことを、石垣島周辺ではノロさんと呼んでいる。

『あかね島』にはノロさんが滞在しているのだから、完全に水没することはない。『うえず島』から眺めていると、潮の加減で海中に没してしまったかのように見えるだけだ。

島の真実はおじいから聞いていたが、翔平はいたずらっぽい口調で、玲奈さんを脅《おど》かした。

「だったら、『あかね島』は無人島なのかしら」

すでに膝上まで海面に浸かっているというのに、玲奈さんは茜色に染まる島影を見やりながら、ほんの少し不安そうな声で言った。

「いや、神社を守る巫女さんが一人いるらしいんです。ぼくのおじいは見たそうです。白い小袖《こそで》と緋袴《ひばかま》をまとった巫女さんが、島の海岸で海水浴をしている姿を」

「えっ、海水浴……？　巫女さんの衣装で？」

「これもおじいからの受け売りですが、あの島のほんとうの名称は、『うたき』とか、『拝《おが》み山《やま》』と呼ばれているらしいんです」

「うたき……？」

「漢字で書くと『御』と『獄』……、だそうです」

「翔平さんは詳しいのね」

「ぼくも沖縄の人間ですから、いろいろ聞かされました。『うたき』は琉球王国が制定した琉球における神さまの聖域で、人々からの信仰がとても厚かったそうです。それであの島に『御嶽』を代表する神社を建て、今も巫女さんが守っているそうです」

「でも、夜になると『うたき』は海に沈んでしまうんでしょう。ノロさんはどうなさっているんですか」

すでに赤い太陽は水平線に沈んで、あたりは暗闇に没していた。が、水平線の彼方は太陽の陽射しを惜しむかのように、薄いオレンジ色や紫色の光線が夜空をぼんやり照らし出し、神々しいまでの自然界の神秘現象を映し出しているのだった。

翔平は玲奈さんの真横まで足を運んだ。

あれあれ……。おかしくなって翔平は笑いたくなった。白いパンツが濡れていた。そんなことなど構うこともなく、玲奈さんは両手で海水を跳ね上げ、幼女のような天真爛漫《らんまん》な姿で水と戯れているのだった。

「ぼくの推測なんですが、『うたき』の神社を守っているノロさんは、ひょっとすると人魚かもしれませんね。だって、夜になると島はすべて水没してしまうんですから、鳥居の端っこに尾びれを乗せながら休んでいるのでしょうか」

「えっ、人魚……！」

「よーく見てください。『うたき』は見えなくなったでしょう。海に沈んでいるんです。巫女さんが人間だったら、今ごろ溺れているはずです」

「ねっ、わたし、なんだか怖い」

震え声をもらした玲奈さんは、海面を揺らして近づいてきた。

「人魚が怖いんですか」

「だって、人魚さんは伝説のお魚でしょう。人間の形をしたお魚なのか、お魚の形をした人間なのか、はっきりしていません。お魚だったら、鋭い歯で嚙まれるかもしれないでしょう」

人魚伝説の珍説である。

あれっ……！　重度のスマホ病に感染していた玲奈さんの手が、すっと伸びてきて、翔平の手をしっかり握りしめてきたのだった。指を強く絡ませて。

ほんとうに怖がっているのか、それとも甘えているのか、よくわからない。が、指にまとわり付いてきた彼女の指は、とても細くて長かった。

「それじゃ、玲奈さん、巫女さんが人間なのか、それとも魚なのか、見に行きましょうか」

「えっ、見に行くって、これから……？」

「そうです。神社の鳥居に尾びれを乗せて休んでいるのは、太陽が沈んだあとだけですからね」

「ああん、そんなにわたしを怖がらせないでください。だって、あの島まで泳いで行くんでしょう」

「それもいいですね。『うたき』まで一キロほどありますが、玲奈さんは泳げますか」

「だめ、だめです。十メートルも泳いだら、疲れて沈んでしまいます」

「そうですか。それじゃ、おじいの舟を借りて行きましょう。小さな舟ですけれど、エンジンも付いているし、電池で明かりが点くようになっているカンテラもありますから、安全です。さあ、行きましょう」

言い終えるなり翔平は絡んだままの彼女の手を、強く握って引っぱった。

あっ！　小さな声をもらした彼女の指が、さらに強く握り返してきたのだった。

砂浜の片隅には幅一メートル弱、長さが三メートルほどの小舟がいつも繫留《けいりゅう》されている。近場の海辺で小魚を釣るとき、おじいが使っている舟である。

舟に飛び乗って翔平はエンジンをかけた。船尾から白い泡が吹き出した。さあ、乗ってください。人魚を見にいきましょう。波打ち際で佇《たたず》んでいた玲奈さんに向かって、翔平は両手を差し出した。

ほんとうに怖くないんでしょうね……。心細い声をあげた玲奈さんの両手が伸びてきた。手をつかまえ、引きよせる。ああん……。かすれた声をもらした彼女の全身が、翔平の胸板を目がけて飛びかかってきた。

両手で抱きとめる。

ずいぶん長い間、満足な食事もしていなかったらしい女性なのに、両腕で受けとめた躯は、意外なほどのボリューム感があった。小舟が左右に揺れた。おそらく、こんなちっぽけな舟に乗るのは初めてなのだろう。不安を打ち消したいのか、玲奈の両手は翔平の首筋をひしっと抱きくるめてきたのだった。

翔平は彼女の脇腹に両手をまわし、引きよせた。至近距離で抱き合ってみると、身長が百七十二センチの翔平より十センチほど低かった。

女性としては大柄のほうかもしれない。

問わず、語らずで二人の視線は暗闇の中でぶつかった。荒い息遣いだけが交錯する。

胸板にしっかり重なった彼女の胸から、激しい動悸が伝わってくる。

「舟が少し揺れて、怖かったでしょう」

胸板から意識をそらし、翔平は小声で聞いた。

だが翔平は、非常に緊張している。強く抱きあっていることより、半ズボンを穿いた翔平の太腿と、ショートパンツを穿いた彼女の太腿が、生でこすれ合い、身動きの取れない状態に追いこまれているからだった。

すぐ離れてしまいたくない。

暗闇がなおさらのこと、素肌の密着感を強くしてくるのだ。それでも翔平は、彼女の脇腹を抱きしめている両手から力を抜いて言った。

「出かけましょうか。まだほんの少し、太陽の明るさが残っていますから」

やっと彼女の躯から離れて、エンジンの脇に腰を下ろした。アクセルを吹かした。エンジンの回転音は快調である。暗闇の中で舟の舳先《へさき》が白波を蹴立てはじめた。

不安そうな様子で玲奈さんは、翔平の真横に座った。そしてすぐさま翔平の腕にすがり付いてきたのだった。舟の速度が速くなるにつれ、潮風が強く吹きつけてきて、彼女の長い髪をなびかせていく。

「気持ちいいわ……」

やや顎を上げ、首筋を反らしながら、玲奈さんは全身で潮風を受けとめる。

（『あかね島』に近づきすぎないようにしなければいけない）

翔平は用心した。その小島が海面に沈んでしまうことはないのだ。潮位や潮流の関係で、『うえず島』の砂浜からは、見えづらくなっているだけだ。

翔平はエンジンを止めた。そして船尾に置いてあった小型の錨《いかり》を海底に向かって投げた。このあたりまで遠浅になっていて、水深はせいぜい三メートル弱であることは、おじいに聞いていた。

「少し時間を稼ぎましょうか」

不安をつのらせないように、翔平は声を低くして伝えた。

「時間を稼ぐって、どうして？」

「この先は潮流が速くなっていて、こんな小さな舟だと、潮に流されてしまうこともあるんです。下手をすると台湾あたりまで流されたりして……。太陽が沈んでから一時間半ほど経つと、潮の流れが弱くなって、島に行きつくのも簡単になります」

舟を停めた理由を、口から出任せで翔平は言った。

「ここで留まっていたら、お舟は流されないのね」

「錨を下ろしましたから、大丈夫です。そうだ、時間待ちの間、星空でも見ませんか。沖縄の夜空は東京よりずっと星が大きく見えて、ときどき美しい流れ星に出合うこともあるんです」

彼女の返事を聞く前に、翔平は船底に足を伸ばし、仰向けになって寝て、手元にあったゴザを丸めて枕にした。

暮れなずんでいた茜色の空はいつの間にか群青色に染まり、青色、橙色、金色に瞬く満天の星が天空を彩っていた。玲奈さんも仰向けになって寝てください。別世界が拡がっていますよ……。翔平は誘った。舟板に座っていた玲奈の腰がモゾモゾッと動いた。そして翔平の真横にそろっと横たわった。

舟の幅は一メートル弱であるが、二人が並んで寝ると、やや狭い。ゴザを丸めた枕では痛いだろうと、翔平は左腕を伸ばし、腕枕にしてやった。

彼女のためらいは一瞬だった。

カンテラに照らされた表情に、それは嬉しそうな和みが浮き、そっと頭を預けてきた。ほとんど重さを感じない小さな頭だった。

耳に入ってくるのは小舟の脇に当たってくる波の音と、玲奈さんの息遣いだけ。翔平はとてつもない幸福感に浸った。かわいらしい女性が腕枕で寝ていることより、つい一週間前まで、スマホ病に取りつかれ、極度の引きこもり症を病んでいた二十歳の女性が、満天の星を仰いで、わずかに全身を固くしている状態に、満足して、だ。

『うえず島』の自然療法はいかなる名医でも敵うまい、と。事実、玲奈さんの体調は間違いなく、順調に回復している。翔平は自信を深めた。

「玲奈さんはぼくよりお姉さんですけれど、今は、ぼくが兄貴分になっていますね。だって、万が一にも錨がはずれたら、この舟はユラリユラリと流されて、台湾まで行ってしまうんですよ。舟のエンジンを操作できるのは、ぼくでしょう」

真上を見あげていた玲奈さんの顔が横向きになって、翔平の横顔を追った。彼女の生温かい息遣いが左の頬に当たってきたから、すぐにわかった。

「翔平さんは、わたしを怖がらせているのね」

「脅かしているんじゃありません。ほんとうのことを伝えているだけです」

「お星さまが怒っています。ほら、あんなに強く光って、翔平さんに注意しています。か弱い女の子を虐《いじ》めたらいけない、って」

彼女の息遣いが吹きかかってくる方向に、翔平は顔を向けた。カンテラの明かりが彼女の顔面を赤く染めていた。目と目がぶつかった。

「東京のお宅で玲奈さんと会ったときは、ひどい仏頂面で、生気のない青白い顔をしていたのに、今はものすごくきれいで……、それから、あの、かわいいです」

翔平は必死に誉め言葉を探したが、口から出た言葉は実にありふれていた。

「翔平さんだってそうですよ。あのとき、わたしの部屋を覗いてきたときのお顔は、汚いものでも見るように険しかった。でも……」

「でも、なんですか」

「今は、とっても逞しくて優しいお兄さんの顔になっています。わたしの命を預けているんですから、最後までちゃんと面倒を見てくださいね。海に放り投げたりしたら、泣いてしまいます」

玲奈さんの頬が素肌を剝き出しにしている翔平の腕枕をすべった。さらに顔を寄せてきたのである。いくらか紅潮した頬から温かみが伝わってくる。つい、翔平は腕枕を折りたたんだ。腕の中でズルッとすべった彼女の鼻先が、翔平の唇に当たった。

強く抱きしめてしまいたい衝動を必死にこらえて翔平は、唇に当たってきた鼻先を、軽く押しかえした。

「海に放り投げたら、ぼくも飛びこもうかな。溺れそうになった玲奈さんを抱きかかえて岸まで泳ぐくらい平気だもの」

「わたしは引きこもりになった女よ。そんなわたしでも助けてくれるのね。スマホがないと生きていけないようなな」

「おや、それじゃスマホは今どこに……？」

急に半身を起こした玲奈さんは、ショートパンツのポケットを探った。そんなところにあるわけがない。砂浜に投げてきたのだ。

「ねっ、わたし、どこかに捨ててしまったの？」

「そう、もういらないって、さっき海に捨てたみたい」

なにを考えたのか、玲奈さんは声をあげ、ケラケラッと笑った。

「茜色に染まった海を見ていたら、きっと、今まで自分のやっていたことがバカバカしくなったのね。それに、スマホの代わりに翔平さんがわたしをちゃんとガードしてくれていますから、もうスマホはいりません」

ううっ……。翔平はうめいた。

玲奈さんの上半身が、ガバッと真上から覆いかぶさってきて、両手で頬を挟みうちにしてきたからだ。キャッ！　玲奈さんが叫んだ。覆いかぶさってきた反動で、小舟が大きく揺れたのだ。翔平は真下から両手を伸ばし、玲奈さんの背中を抱きくるめた。

二人の顔がふたたび急接近した。

カンテラに照らされた彼女の瞼は、しっかり閉じられていた。なぜか翔平は、無性に愛おしくなった。ほんの少し顔を上げ、唇を固く閉じ、かすかに震えている彼女の口に押しつけた。

こわごわと唇だけが重なるキスが、いつまで経っても終わらない。どんなことがあっても、お互いに離れたくない気持ちが、接触した唇を熱く焦がしていくような。

キスは静かでも、胸板につぶれてきた彼女の乳房の膨らみからは、激しい高鳴りが響いてくるのだった。

唇を重ねたままの恰好で、玲奈さんはひっそり瞼を開いた。

「ママも翔平さんのこと、好きになったみたいね」

玲奈さんの口からひょいと出てきたひと言に、翔平はギクリとした。なんと答えていいのかわからない。ついさっきまで三人は砂浜にいた。由里江さんの手は娘の存在を無視して、翔平の腕に強く絡んでいた。玲奈さんは素知らぬ顔をしていたが、二人の関係をちゃんと見抜いていたのだろうか。

気まずい空気が流れた。

「ねっ、聞いて。でも、このことはママに内緒よ」

誰も聞いていない海原のど真ん中にいるというのに、玲奈さんは声をひそめた。

「お母さんのこと……?」

「そう。由里江さんはわたしのほんとうのお母さんじゃないの。わたしはパパの連れ子なの。でもパパは外国で仕事をしていたでしょう。コミュニケーションが取れなくなって離婚したわ。でも、由里江さんはわたしを引きとって、ずっと育ててくれた。心から感謝しているわ。ママとわたしの間は一滴の血も通っていないのに。二人で自由に暮らしてきた。だから由里江さんが翔平さんのことを好きになっても、わたしは怒っちゃいけないんです」

母娘関係の真実を聞かされても、翔平はあまり驚かなかった。ほんとうの母娘より、人としての愛情関係を強く感じていたからかもしれない。それより義理であるにせよ、母親のことを名前で呼んだ娘の心情が、翔平の耳にはいくらか寂しく聞こえてきたのだった。

ずいぶん長い告白だった。

内情を知ってみると、確かに、由里江さんと玲奈さんは体型、人相ともにまったく似ていない。が、由里江さんは実の娘のように感じて玲奈さんを育ててきたのだろう。一方で、他人同士の二人が母娘のように暮らしてきた瑕疵《かし》が小さな歪《ひず》みになって、玲奈さんに引きこもり症を発症させたとも考えられる。

どれほど親身に育てられても、本心を打ちあけることができないこともある。その一例が玲奈さんの失恋騒動かもしれない。

「ほんとうの母娘より、仲よく見えるけれど」

その程度の言葉しか、翔平の脳裏に浮かんでこなかった。

「あのね、こんなことを言ったら翔平さんに笑われるかもしれないけれど、これからママとはライバルになるかもしれないわね」

「えっ、ライバルって、どういうこと？」

「ママは翔平さんのことが大好きになって、私も一目惚れみたいでしょう。どっちが勝つか、戦闘開始します」

突拍子もないことを言い出した玲奈さんに、翔平は驚きの目を向けた。が、由里江さんとはすでに一線を超えている。

「戦闘開始なんて、大げさだな」

気合をこめたらしい彼女の表情を追いながら翔平は、ブレーキをかけたくなった。

「だって、わたし、負けそうなんですもの」

玲奈さんは大真面目である。

「なにが……？」

「ママは成熟した女性のお色気が、たっぷり。でもわたしは、まだ青くさい女の子なの。ねっ、翔平さんはどっちがタイプ……？」

参ったな。翔平は心底悩んだ。とんでもない質問を平気な顔をしてぶつけてくるからだ。

「だってさ、お母さんと玲奈さんに会ったのは、今日で三回目だよ。それにぼくはまだ高校生で、女性の好みを尋ねられても、すぐに答えられないもの」

いきなり玲奈さんは船底で横座りになり、暗く沈む舟のまわりの海面に目を配った。

「ねえ、この辺は誰もいないんでしょう。漁師さんとかも」

「島の漁師さんたちが海に出かけるのは朝方で、今はみんなお酒を呑んでいるか、眠っているかのどちらかだと思う。誰かがいるとすると『あかね島』の人魚姫が泳いでいるか、海坊主しかいないと思うよ」

「バ、バカッ！　そんなことを言って、わたしを怖がらせないで。これからわたし、裸になろうと考えたのに」

「えっ、裸……！」

「ママとわたしのどっちがタイプか、翔平さんに決めてもらうんですから、セーターやショートパンツを着ていたら、判断のしようがないでしょう。ママのおっぱいはとっても大きいの。わたしのおっぱいはまだ硬くて小さいわ。でも、小さいおっぱいのほうが好きっていう男の人もいるはずよ」

ちょっ、ちょっと待って！　あわてて翔平は手で制したくなった。こんなところで、裸になることはない。だいいち好き嫌いの判断を、乳房の大小のみで決められるわけもない。

「せっかくの提案だけれど、こんな暗いところで洋服を脱いでも、よく見えないから判断できそうもないよ」

「いいえ、そこにカンテラがあるでしょう。裸になったわたしの躯に近づけてくれたら、おっぱいの大きさくらいわかります」

一度切り出したら、あとに引かないタイプなのかもしれない。

潮風に吹かれている長い髪を指先でひとまとめにした玲奈さんは、セーターの裾をつまむなり、あっという間に頭から引きぬいた。呆然と見つめた。

裸になった上半身を隠しているのは淡いイエローらしいブラジャーだけになった。

「ねっ、早くカンテラを持ってください。これからブラジャーも取るんですから」

のんびり仰向けになって寝ている場合ではなくなった。相手は年上のお姉さんである。弟分に逆戻りしてしまった翔平は、カンテラを手にして半身を起こした。半裸になった彼女の胸元に、明かりを近づけた。

イエローらしいブラジャーはとても簡素なデザインで、小ぶりな乳房をすっぽり覆っていた。が、翔平は強い口の渇きを覚えた。こんな場所で、玲奈さんが裸になろうとは考えてもいなかった突発事故だったから。

「無理をしなくてもいいんですよ。洋服を着ていても、好き嫌いの判断くらいできると思うし」

翔平は必死に止めようとしたが、彼女の手は背中にまわって、ブラジャーをはずそうとしている。

「翔平さんのこと、嫌いよ」

玲奈さんは捨て鉢な言葉を吐いた。

「一目惚れしたとか、嫌いとか言っているけれど、ほんとうはどっちなの?」

「だって、恥ずかしさをこらえて、わたし、裸になろうとしているのに、翔平さんはわたしのおっぱいを見たくないみたいだから」

「見たくないなんて言ってないですよ。だって、太陽が沈んで、ちょっと寒くなってきたし、風邪を引かれたらお母さんに怒られるかもしれない」

「ほら、翔平さんはママのことを心配している。今はママのことを忘れてください。このお舟に乗っているのは、翔平さんとわたしの二人だけなんですからね」

ハッとして翔平は息を飲んだ。

イエローの布がはらりと胸からはずれ、小さなピラミッド型をした乳房の隆起がふたつ、むっくりと浮きあがったからだ。胸元からはずしたブラジャーを、玲奈さんはポンと投げ、両手を乳房の下側にあてがった。

由里江さんより確かに小さいだろうが、生の乳房を目にするのは四つ目で、大きいほうなのか小さいほうなのか、翔平は判断に苦しんだ。が、目の前であらわになった乳房が、玲奈さんの体型にぴったりマッチしているように映ってきたことは間違いない。

それでも翔平はカンテラをかざした。

カンテラの明かりはほの暗く、乳房の陰影を濃くして、小さめに見える乳輪が表面張力を持っているかのように、ぱーんと張りつめていることを、翔平はきっちり確認した。

青くさい躯だと本人は卑下していたけれど、翔平の目には溌剌とした若い実りだと映った。

「ねっ、翔平さん、いやじゃなかったら、さわってちょうだい、わたしのおっぱいを」

翔平はギクリとして彼女の顔に視線を向けた。

歯を食いしばって、必死に耐えているようにも見える。女の人がおっぱいをさわってくださいと誘ってくるのは、よほどの勇気を必要とするだろう、と。

「ぼくにさわれ……、と?」

「わたしは翔平さんに一目惚れした女です。大好きになった男性に大事なおっぱいをさわってほしいと思うのは、普通の考えでしょう。それに、由里江さんには負けたくなんです」

ママと呼んだり名前で呼んだりして、敵愾心《てきがいしん》を剝き出しにする。

さわることを頑なに拒んだら、力いっぱい頬っぺたを引っぱたかれるかもしれない……。翔平は恐怖を感じた。それに、小ぶりに膨らむ乳房の感触を味わってみたいという男の欲望が、ムラムラとたぎってきたのも事実だった。

カンテラを左手に持ち替え、翔平は慎重に右手を伸ばした。

「痛くしたら、いやよ」

言って玲奈さんは、心持ち胸を迫《せ》り出した。

赤茶に見える乳首が、つんと上を向いた。小粒である。小指の先っぽほどもない。思い出してみると由里江さんの乳首は、玲奈さんの倍近くもあったような。

やっとのことで右手の指先を乳房のまわりまで近づけたが、強いためらいが奔った。ほんとうにさわって、いいものかどうか。

「ぼく、こんなことをするの、慣れていないんだよ。どんなふうにさわっていいのか、わからなくて。だって女の人の乳房はものすごくデリケートにできているんでしょう」

「だったらね、舐めてちょうだい。おっぱいのまわりでも、乳首でも……」

「ええっ、舐める！」

「いやなのね。由里江さんのおっぱいだったら、素直に舐めてあげるんでしょう」

またしても玲奈さんは好戦的な言葉を吐いた。

まさに、女の意地を剝き出しにしてくるのだ。

よしっ！　翔平は気合をこめた。おっぱいを舐めるだけだろう。なんでこんなことになってしまったのかと、不可解な気持ちになりながらも、怖れることはないんだと、翔平は乳房に向かって顔を寄せていった。

彼女の胸がさらに突きあがった。カンテラを持っていては体勢が不安定になる。翔平はカンテラを船底に置いて、左手を伸ばし、彼女の脇腹を抱きかかえた。

あーっ、翔平さん……。玲奈さんの声が潮風を切り裂いた。

抱きしめた彼女の背中を強く引きつける。そして浮きあがってきた乳房の頂に、そっと唇を落とした。固い……。乳首の尖りが、だ。コリコリとしこっている。

唇に挟んでつつっと吸い、舌を出して舐めた。

舌先で転がすたび、乳首が跳ねかえってくる。

あまっていた右手も彼女の脇腹に添え、自由に動くことができないほど、がっちり抱きくるめた。

顔を仰《の》け反《ぞ》らしながら玲奈さんは、両手をもがかせた。なにかにつかまりたいのか、翔平の腕やTシャツの胸まわりをまさぐってくるのだ。

「ああっ、ねっ、あの……、躯中が痺れてきたみたい。ううん、熱いの。もっと強く抱いて。わたし倒れてしまいそう」

断片的な喘《あえ》ぎ声をもらしつづけた彼女の指先が、それは焦った動きで翔平のTシャツの裾をたくし上げた。

痛《いて》っ！　乳首を吸っていた翔平の口から、小さな悲鳴があがった。玲奈さんの爪が胸板の皮膚に、キリッと食いこんできたからだった。が、この程度の痛さは、男として我慢しなければならない。彼女の爪の動きは昂ぶりの証であって、意地悪をしているとは思えなかったから。

だったら、自分も思いどおりにしてやる。翔平は体勢を立てなおした。彼女の脇腹を抱いていた右手をずり下げ、ショートパンツの裾から伸びる太腿に添えた。ビクッとして、彼女は太腿をよじらせた。

肌ざわりはなめらかで、ツルツルすべる。

乳首を吸いながら翔平は、ショートパンツの裾まで指を伸ばし、内腿を撫でまわした。太腿の外側に比べ、内側はとても柔らかく、粘り気がある。

「いや、違うの、あーっ、気持ちいいみたいな。ねっ、あなたの手はどこをさわっているの？　おっぱいもさわっているんでしょう」

玲奈さんの喘ぎ声は切れ切れになって、ひっきりなしに腰のまわりを引き攣らせる。つい一週間前まで、強度の引きこもり症を病んでいたとはとても考えられない敏感な反応ぶりである。

「翔平さん、わたしの頭はこんがらがってきました。自分の躯が大人しくなってくれないんです」

仰け反っていた顔を起こし、玲奈さんは焦点の定まらない視線を向けてきた。

「それじゃ、そろそろ砂浜に戻りましょうか」

翔平もいい加減、この戯《あ》そびを、打ち止めにしたくなっていた。なめらかな太腿を撫でているうち、股間に熱気がこもってきて、チンポの先端がブリーフをこすり始めているからだ。

「えっ、帰る……？　いやよ。まだ帰りません。ねっ、海に入ってもいいでしょう。わたし泳ぎは得意じゃないの。でも、溺れそうになったら、あなたが助けてくれる。だから、ねっ、泳がせてください。だって、躯中がカッカと燃えているんですもの」

「ぼくも一緒に……？」

思わず翔平は舟のまわりの海面に目をやった。墨を流したように黒い海だったが、泳ぐのはまだ早い。水温は二十度ほどだろうが、冷たいはずだ。

「わたしを一人で泳がせるつもりなんですか」

玲奈さんの声が黒い海に反響したように聞こえた。

「まだ冷たいかもしれないと思って。それに二人ともスイミングスーツを持っていないし」

ほぼ仰向けになっていた彼女の上半身が、バネ仕掛けのオモチャのようになって立ちあがった。裸になった胸を隠そうともしないで。

「裸でもいいんでしょう」

玲奈さんの声が反抗的に聞こえた。

「裸って、もしかしたら、パンティも脱いで……、ということ？」

「誰も見ていないんでしょう。海坊主さんににらまれても、怖くありません。わたしは平気よ」

翔平の瞼の奥に、半年以上も前の出来事が鮮明によみがえった。秘密の洞窟で新垣千尋さんは全裸になって、小魚と戯れながら泳いでいたっけ。海水は底まで透きとおっていて、彼女の白い素肌がユラユラと泳いでいるうち、自分も我慢できなくなって素っ裸になり、彼女を追った。

夢の中の出来事のようだった。

が、今は漆黒《しっこく》の海だ。

彼女は言い出したらあとには引かない性格だった。翔平は止めないことにした。好きにさせるより仕方がない。

「全部脱がないと、海から上がったとき、着るものはありませんよ」

わかりきったことを翔平は言った。

「翔平さんも一緒ですからね」

なんのためらいもなく、玲奈さんは立ちあがった。その拍子にまた舟は大きく左右に揺れた。ああっ！　叫んだ玲奈さんの両手が倒れそうになった自分の躯を支えるようにして、翔平の首筋にしがみついてきたのだった。

下から翔平は助けあげた。

二人の顔が間近でぶつかった。カンテラの薄い光を受けた玲奈さんの顔をぼんやりと照らし出した。なぜか二人は押し黙った。玲奈さんの唇が半開きになった。ついさっきは唇のみがふれ合う静かなキスだったが、翔平は衝動的に彼女の頭を抱きこみ、唇を合わせにいった。本能的に二人の舌が粘ついた。

二人の舌が激しくもつれた。

二人の唾が往復する。翔平は息もつかず飲んだ。応えて玲奈さんの喉もなる。唾が往復すること十数回……。

「お願いします、パンティを脱がせてください」

やっと唇を離した玲奈さんは、消え入るような声で言った。

暗い海であろうが、多少冷たかろうが、ここまでやってしまったら、二人は断固として素っ裸になり、海に飛びこむしかない。翔平は腹を括《くく》った。そんなはしたないことをしたら、『うたき』の鎮守《ちんじゅ》様の怒りをかうかもしれないが、今は玲奈さんの願いを叶えてあげることが先決であると、舟板に崩れている彼女の白いショートパンツに手を伸ばした。

ショートパンツのジッパーを引きおろしても、抵抗の力はまるで加わってこない。

カンテラの明かりに透かしてみた。

前の割れた白いショートパンツの下に、ブラジャーと同じ色あいのイエローの薄物が張りついていた。どうやって脱がせるんだ？　そこまでやって翔平は困った。立たせて脱がせるのか、それとも船底で仰向けにして、お臀を掲げ、するりと剝《は》いでしまうのか。

おおっ！　思わず翔平は見あげた。玲奈さんがすくっと立ちあがったからだ。両手を万歳させ、無抵抗の態度を示してきた。ジッパーを引きおろした白いショートパンツを、ふくらはぎまで下ろした。

イエローのパンティ一枚になった彼女の全身に、翔平は目を凝らした。すらりと長い。第一印象だった。

「パンティも脱がないと、濡れてしまうでしょう」

玲奈さんの声音は、とても弱々しい。覚悟はしたものの、激しい羞恥心《しゅうちしん》を打ち消すことはできないらしい。

「パンティまで脱いだら、全部丸見えになってしまうんですよ」

「だって、翔平さんも脱いでくれるんでしょう」

「そう、そのとおり」

そう答えるしかなかった。

よしっ、再度、気合をこめて翔平は立ちあがった。すべてを脱いでしまうのは、男が先である。勇気の溢《あふ》れる態度が男のエチケットである、と。立ちあがった瞬間、ブリーフの内側で半勃ち状態になっていたチンポが、ビクビクッと迫りあがった。ほぼ垂直にそそり勃ったのである。

恥ずかしがってはいけない。元気な男としては、正常な反応なのだから。

Tシャツを頭から抜き取るなり、ブリーフもろとも短パンを引きおろした。

「あっ！　それっ！」

玲奈さんの指が唇を覆ったが、声を止めることはできなかった。

カンテラの薄い明かりに照らし出されたチンポが、それは威勢よく、星空に向かって仰角に勃ちあがったのである。

イエローのパンティ一枚になった玲奈さんは、半裸になった自分の躯を隠すこともなく、文字どおり素っ裸になった翔平の立ち姿に、ぼーっと見とれる。

「全然、違うんです」

玲奈さんはボソッとつぶやいた。

「違うって、なにが……？」

翔平は問いなおした。

「別れた彼氏の躯と……。頑丈さが違います。あのね、翔平さんが活きのいいカツオだったら、あの人は白いサヨリみたいで。スタイルのいい男性と思っていたんです」

「ぼくは島育ちで、おじいを手伝って漁の仕事をしているから、ごつくて黒い躯になってしまったんですよ」

「ううん、それだけじゃないわ。あーっ、どうしてこんなに違うの！　あなたの……、ねっ、それって、バネを仕掛けたみたいに、そっくり返っているわ。そう、大ぶりのバナナの形ね」

口をモグモグさせながら、言いにくそうに表現する彼女の視線は、翔平の股間を向いたまま動かない。じっと見すえているのだ。

「だって、ぼくはまだ十八歳で、玲奈さんのかわいらしいおっぱいを舐めさせてもらったり、パンティ一枚になった姿を見ていたら、収まりがつかなくなってしまったんです。ちょっとみっともないでしょう」

「ううん、素敵よ。息が止まってしまうほど、ねっ、わたし、エキサイトしているわ」

「長い間見られているとどんどん恥ずかしくなってきますから、海に飛びこんでしまいましょう」

乱暴な手つきで短パンとブリーフを足首から抜き取るなり、振り向いて翔平は彼女のパンティに手を掛け、するっと引きおろした。えっ！　瞬間、翔平はあらわになった彼女の股間を見つめた。むくっと盛りあがった肉の丘に、黒い毛が見えない。

どうしちゃったんだ？　カンテラの明かりに透かしてみた。ちゃんと生えていた。細くて薄い毛が。

やっぱり玲奈さんと由里江さんは、ほんとうの母娘ではなかったのだ。一週間前、東京の石神井で、時の勢いに任せ、お母さんのパンティの中に手を差しこんだとき、指先に絡んできたお母さんの黒い毛の群がりは、どちらかというと、多毛で濃かったような感じがした。

が、今は濃い薄いを詮索しているときではなかった。二人は全裸になっていた。

「玲奈さん、飛びこみますよ」

ひと声かけた翔平は、彼女の前に屈みこむなり、左手で背中を、右手で太腿の裏側を抱きくるめ、横抱きして、行きますよ……！　大声で言い、ザブンと飛びこんだ。まさに男女混合のシンクロである。

しかも二人は全裸だった。

海水は少し冷たい。が、昂ぶりでほてった躯には適度の冷たさだった。海に入ってしまうと、横抱きにした彼女の体重も軽くなる。立ち泳ぎをしながら翔平は、彼女の躯を抱きなおした。

黒い海面に小さなピラミッド型の乳房がふたつ、ぽっかりと浮きあがる。突起した乳首が海水を切っているような。満天の星明かりは玲奈さんの白い裸体を、妖しく浮き彫りにしてくる。

「気持ちいいものでしょう、夜の海に入るのも」

彼女の両手が首筋に巻きついてきた。翔平の両腕に全身を預けてくるのだった。

「わたし、夢を見ているみたい。それとも地球とは全然違うお星さまにいるのかしら……。だって、こんな素敵な現実に出合うなんて、考えてもいなかったんですもの」

「ぼくもまさか、引きこもり症で家に閉じこもってばかりいた、わがままなお嬢さんと夜の海で泳ぐなんて、想像もしていませんでした」

「ああん、わたしはそんなにわがままな女なの？」

「そうですよ。スマホみたいなケチな器械を離せなかったんでしょう。わがままの代表選手ですよ。あんな器械はなんの役にも立たない」

「そんなに虐めないでちょうだい。だって、あの……、東北の彼とは毎日……、ううん、一時間に一回くらいの割合で、メールの交換をしていたんです。それで、スマホを見ているのが癖になって、目が離せなくなって、それが急に彼からの連絡が来なくなって、もう、気が狂いそうになってしまったんですよ」

「サヨリさんも意地悪な男ですね。好きなときだけ、一時間に一本もメールのやり取りをしていたら、誰だって相手は病気になってしまうでしょう」

「そうなの。気持ちが塞ぎこんで、誰とも会いたくないし、ご飯も食べたくないし、やる気がなくなってしまうんです」

「それじゃね、いつまでも抱っこしているとぼくも疲れてしまうから、一人で泳いでみますか。今はなにかに挑戦したい気分になっているでしょう」

「えっ、わたしを放り出してしまうの？」

「真横に付いているから安心してください。溺れそうになったら、助けてあげる」

「約束してくださいね。わたし、ほんとうに水泳は苦手なの」

それでも玲奈さんは、目元にはにかみの笑みを浮かべ、翔平の腕からすいと離れていった。暗い海面に白い肌がユラユラと流れていく。

（なんだ、泳ぎが苦手だなんて、ウソだろう）

彼女の横で立ち泳ぎをつづけながら、翔平は苦笑いをもらした。背泳ぎの足や手の動きは、かなり巧みなのだ。しかも悩ましい。仰向けになって泳ぐ姿から目が離せない。

海面にぽっかり浮きあがる乳房は優しいし、ときおり、ぐぐっと迫りあがってくる股間のうごめきは、なかなか力強い。

（よしっ、ほんとうに泳ぎが苦手なのか、試してみよう）

翔平は悪だくみを考えて、一人笑いをもらした。彼女がどんな反応を示してくるか……。翔平は玲奈さんに並んで背泳ぎを始めた。彼女の視線が、チラッと横を向いてきた。その瞬間をとらえて、翔平は股間を迫りあげた。いまだ棒立ち状態のチンポが、海面から突きあがった。あたりは暗いからなおさらのこと異様な形に映ってくる。

「……翔平さんの、エッチ！」

背泳ぎをしながら玲奈さんは、口から海水をプッと吐き出し、弟を諌《いさ》めるような言葉を発した。

「玲奈さんにもっと見てもらいたいと、こいつは気張っているみたいです」

「暗くて、よく見えないわ」

「だったら、ぼくは太腿を大きく開きますから、その間に潜りこんできて、間近で見てください」

「やっぱり翔平さんは、エッチな人だったのね。女の子に向かって、ぼくの股の間に入ってきなさい、なんて」

「この海は今、二人だけなんですよ。海坊主も寝ているみたいで現われてこないから、ぼくたちは誰にも気兼ねしないで、好き勝手に遊べるし、そのほうが愉しいでしょう」

翔平の言葉が終わらないうちに、玲奈さんは背泳ぎから平泳ぎに変更して、翔平の足元に近づいてきた。平泳ぎもなかなか達者である。待ちかねて翔平は、思いっきり足を開いた。顔を上げて彼女の様子をうかがうと、ニヤニヤ笑っているのだった。

水泳の苦手の女性が、足も立たない海で泳ぎながら、笑顔など浮かべるわけもない。だが、翔平は問いつめない。彼女のかわいらしい言い訳なのだろう、と。

それに、目的のはっきりした玲奈さんの手の動きは、さらに活発になった。すいすい泳いで、翔平の股間の奥で、ぽっかり顔を上げたのだ。

すぐさま反応したチンポが、勢いよく海水を跳ねた。

「いやーん、驚かさないでちょうだい。黒い鯉が目の前で暴れたみたいだったわ」

玲奈さんの表現は、カツオになったり鯉になったりして忙しいが、悪い気分ではない。活きのよさそうな言いまわしは、間違いなさそうだから。

「翔平さん、わたし今、びっくりしているんです」

口から海水をプッと吹き出した玲奈さんが、感極まったような声をあげた。

「びっくりって、なにを？　海坊主が玲奈さんの足に食いついてきたわけじゃないでしょう」

「バ、バカッ！　脅かさないでください。そうじゃないの。あのね、翔平さんは玉々ちゃんも大きいし、それから黒いヘアがいっぱい生い茂って、勇ましいんです。ああん、少し分けてほしいわ。だってわたしのヘアは、薄くて細いでしょう。そこだけ見ていると、大人じゃないみたいで」

いろんなことを口にしながらも、彼女の手は男の袋をこっそり支えあげ、重さと大きさを確かめている。

　秘密の手つきでコソコソいじられ、男の欲望が急速に高まった。チンポ全体は海水に濡れてしまっているが、粘り気のある男の汁が、筒先から滲んでくるのだった。

ううっ！　次の瞬間、翔平は腰を跳ね上げてうめいた。生ぬるい粘膜が筒先をヌルリと舐めてきたからだ。

少しざらついた粘膜は、ひっきりなしに滲んでくる男の汁を丁寧に舐めとっていく。

（どこか苦手なんだ）

立ち泳ぎをしながらフェラチオをしてくる女性など、滅多にいないだろう。彼女を批判しながらも、翔平は昂ぶりを抑えることができなくなってきた。

彼女の口の動きがどんどんしつこくなって、筒先を指でつまんで垂直に立ち上げ、チンポの裏筋に舌を這わせてくるのだ。

快感が劈《つんざ》ける。彼女の舌の動きに合わせ、腰が勝手に弾む。

うぐっ……。翔平は本気でうなった。玲奈さんの口が筒先の真上からズブリとくわえ込み、上下運動を開始したからだ。張りつめた鰓《えら》が小さめらしい彼女の唇の裏側をこすって、気持ちよさを倍増させてくる。

ちょっと、待って！　翔平は大声で叫びたくなった。男の袋の奥底に熱い疼きが渦巻いた。ビュッと噴き出してしまう予兆である。

（我慢するんだ！）

翔平は必死になって、暴発しそうな快感を制御した。自分だけが気持ちよくなってはいけない、と。玲奈の口から無理やり逃げて翔平は、一気に海中に潜った。立ち泳ぎをしている玲奈さんの足元に泳ぎつくなり、ユラユラ揺れる彼女の太腿を拾った。

そして股間に潜りこむ。

目的はただひとつ。水中フェラのお返しをするまでだ。かなり強引に太腿を開き、その狭間に顔を差しこんだ。暗い水中でも、彼女の白い素肌は、わりと鮮明に映ってくる。

翔平は大きく口を開いた。大量のアブクが立ちのぼっていく。構わず翔平は開いた股間を目がけて口を寄せた。肉の裂け目を探して舌を差し出した。海水の味わいとはまるで違うとろみが、口内に拡がった。海水と一緒に飲みこんだ。しょっぱさと少しの甘さが混じった彼女の体液が、喉を通過していった。

急に玲奈さんの両足が、海水を蹴ってばたついた。両手を伸ばして翔平の頭をつかまえようとする。

上がってきてくださいというサインだ。翔平はそう理解して一気に海面まで上昇した。海面に浮きあがった二人の顔には、ほぼ同時に笑顔が浮かんでいた。

双方ともに満足感に浸っているような。

笑っていたのは一瞬で、二人とも歯を食いしばった。次の瞬間、海面を波立たせ二人は両手を伸ばし、ヒシッと抱き合った。

「わたし、気を失いそうになったのよ。だって、海の中で……、あん、クンニをされるなんて、考えてもいなかったんですもの」

「どうしてもやりたかったから……。それにね、玲奈さんのフェラが気持ちよすぎて、出そうになってしまって」

「今も……？」

「あと少し刺激されたら、黒い海面に白い粘液がビュビュッと立ちのぼってくると思います」

「ねっ、やってみましょう。きっと気持ちいいはずよ」

玲奈さんの瞳に、また笑みが浮いた。ほぼ同時に彼女の両手がすすっと伸びてきて、翔平の首筋をしっかりとらえてきたのだった。どちらからともなく唇を合わせにいく。舌が絡みあった。

ハッとした。太腿を大きく開いた彼女の股間が、そそり勃ったままのチンポを、ギュッと閉じこめてきたからだ。舌を吸いあいながら玲奈さんは、股間を前後に揺らしてくる。翔平は思わず、彼女のお臀をしっかり抱きしめた。

意外なほど大きい。

お臀を抱きとめ、翔平も腰を前後に振った。彼女の素股でチンポがこすれる。股間に強い熱気がこもった。翔平はさらに股間を突き上げた。怒張するチンポが彼女の股の間を貫通する。

「玲奈さん……、あの、出そうです」

唇を離して翔平は弱音を吐いた。

「いいわ、出して。たくさんよ」

次の瞬間だった。目の前でザブンと海水に潜った玲奈さんの顔が股間に重なってきたのだった。

うう……！　翔平はうなった。彼女の口がチンポの先っぽをズブリとくわえてきたからだ。その素早さ！　彼女の口が数回前後した。翔平は無意識に彼女の頭を両手で挟んでいた。

それからわずか数秒後、火柱の勢いで噴きあがったおびただしい男のエキスが、玲奈さんの喉奥を目がけ、凄まじい勢いで飛び散っていったのだった。

第三章　初心な巫女さん

宮本さん母娘は日曜日の朝の便で、石垣空港から帰途についた。空港まで送っていった翔平は、二人にどんな挨拶をしてよいのか、ずいぶん迷った。表向き、とても仲のよさそうな母娘が、実は一滴の血の通いもない赤の他人であることを玲奈さんから打ちあけられ、ひどく驚いた。

しかも玲奈さんは、これからは義理の母親とライバル関係になると、激しい闘志をたぎらせていた。その結果が、翔平もびっくりした水中フェラになったのだろうか。

飛行機の出発時間まで、多少の余裕があった。

由里江さんが空港内の売店で買い物をしている隙を狙って、玲奈さんが素早く近づいてきた。そして由里江さんの様子をうかがいながら、耳打ちした。できるだけ早く、わたし、『うえず島』に戻ってきます。そのときはわたし一人よ。必ず会ってくださいね……。言いながら彼女の手は、Tシャツを着ていた翔平の脇腹をこっそり撫で、そしてキュッとつねってきたのだった。

「そのときは、二人で『あかね島』に上陸してみましょうか。人魚のノロさんに会ってみたいでしょう」

あまり期待しないで翔平は、笑みを振りまきながら答えた。

が、玲奈さんの体調はすっかり復活していた。翔平の横に並んで立っていても、両足はたえずスキップしているかのように、ピョンピョン弾んでいる。元気の証拠である。

背負ったバッグにスマホは入れてしまったらしく、彼女の両手は空き家になっていて、まわりの人の群れを気にしながらも、隙を狙っては翔平の腕や手をさすってくるのだった。

（スマホ病や引きこもり症は、すっかり癒えたようだし、失恋の痛みも克服したらしい）

満天に瞬く星の下での交わりより、翔平にとっては、彼女の元気回復のほうがはるかに満足のいく結果だった。

しばらくして由里江さんが戻ってきた。

すると入れ違いに玲奈さんは、トイレに行ってきますと立ち去っていった。翔平は感心した。彼女はライバルに対して、エールを送ったのかもしれない。恋のライバルにも、別れの時間を与えてあげたいのだろうか。トイレに走っていった玲奈さんの姿が消えるなり、由里江さんは白いミュールの爪先を立て、人目もはばからず、翔平の頬に、チュッと音がするほど強烈なキスをした。

四十一歳のおばさんの熱烈アプローチに、翔平は度肝を抜かれ、照れまくった。お客さんの目があるじゃないですか、と。

「来週か遅くても再来週の金曜日に、わたし、帰ってきます。会ってくださるでしょう。そのときは、わたし一人ですからね」

言って由里江さんは、長い睫毛をピクピク震わせながら、甘いウインクを送ってきたのである。

「は、はい。お待ちしています」

頬に受けたキスの余韻が残っているものだから、翔平はしどろもどろに答えていた。

そしてしばらくして、母娘はなにごともなかったように仲よく搭乗ゲートの奥に去っていった。二人を見送りながら翔平は、苦笑いをもらすしかなかった。東京に帰って、二人は今までと同じように仲睦まじく暮らせるのだろうか。それに、次は別行動で『うえず島』に来ますと宣言していたが、お互いに言い訳がむずかしそうだ。二人とも行き先をごまかすしかないのだろうから。

（でも、ぼくの知ったことじゃない）

『うえず島』を訪れてくる人は、老若男女を問わず、誰でも大歓迎する。それが島民の心構えになっていた。


日曜日の昼すぎだというのに、砂浜には誰もいない。海水浴には少し早すぎる季節だし、漁師たちの仕事のほとんどは早朝で終わる。

（嵐の前の静けさじゃなくて、嵐の後の静けさだ）

凪もほとんどなく、青く凪いでいる海原を見まわしながら翔平は、この二日間の珍騒動に、思い出し笑いをするしかなかった。

ふっと目を向けた視線の先に、お椀形の小さな島が、薄墨を流したように浮きあがっていた。

（『御嶽《うたき》』か……）

島影を追いながら、翔平はつぶやいた。

「御嶽」は琉球王国が制定した琉球における信仰の聖域を指していると、おじいに聞いた。遠くに霞むあの島は、琉球の偉い神さまの宿る場所なのだ……。翔平は独り言をもらした。

島影は毎日のように見ているが、島に上陸したことは一度もない。おじいは言っていた。『うたき』の海岸で、ノロさんが海水浴をしておった、と。白の小袖に緋袴を着用していたというから、ノロさん……、すなわち巫女さんに間違いないだろう。

巫女の衣装をまとったまま海水浴をしていたのは、水着を持っていなかったのか、それとも裸になることを恥ずかしがったかのどちらかだろう。海水浴をしていたノロさんの年恰好まで、おじいは確認していなかったらしい。このところ、おじいの視力はすっかり弱くなっているから、無理もない。

（行ってみるか）

翔平は急に思いたった。男子禁制とは聞いていなかったし、もしも玲奈さんがふたたび『うえず島』にやってきたら、『うたき』に行ってみましょうと、ついさっき飛行場で約束したばかりだった。案内役として、危険な場所であるかどうか、島の実情を内偵しておく必要もある。

太陽が西の空に沈んでいくとき、あたりは茜色に染まる。そのときの潮位や潮流の関係で、島は海面に没してしまうように見えるのだが、実際、島はどのようになるのかも知っておきたかった。

それにノロさんにも会いたくなって……。

(よしっ!)

翔平は気合をこめた。砂浜の端にはおじいの釣り舟が、いつものように繋留されていた。『うたき』までの距離はおおよそ一キロほどである。短パンの尻にくっついた白い砂を手のひらで叩き落とし、翔平は舟に向かって走った。

——海は穏やかだった。三十分もかからないで、舟は『うたき』の沖合、百メートルほどのところに到着した。エンジンを止めて翔平は、常に舟に積まれている双眼鏡を手にした。

小高い丘に茂る緑の樹林は松などの広葉樹なのか。海抜はせいぜい五、六十メートル。あった! 双眼鏡を目にあてがったまま、翔平は小声をあげた。樹林の隙間にくすんだ赤色の鳥居を見つけたのだ。その後方には何段かの階段があり、かなり古ぼけた神社の社《やしろ》が建てられていた。

が、人の気配はない。

(肝心のノロさんはいないのか)

白い砂浜から鳥居のあたりまで、慎重に双眼鏡を向けたが、犬の一匹も出てこない。陽《ひ》はまだ高い。海面が茜色に染まって島が海に没するまではかなりの時間がある。
（上陸してみよう）
ノロさんが、おっかなそうな皺だらけのばあちゃんだったら、逃げるまでだ。
ばあちゃんに用はない。覚悟を決めて翔平は舟のエンジンをかけた。ゆっくりと
砂浜に近づけ、船底が砂をこすったところでエンジンを止め、翔平は海に飛び下
りた。『うえず島』と同じで、海底は遠浅の砂地になっていた。
用心のためと翔平は砂浜に転がっていた棒切れを拾い、護身用とした。ノロさ
んより野生の動物のほうがよほど恐ろしい。
奥行き二十メートルもありそうな砂浜を、樹林に向かってゆっくり歩いた。
（ふーん……）
翔平は一人でうなずいた。白い砂浜には人間の足跡がいくつも残っていたから
だ。野犬や猪の足跡だったら、もっと小さい。防風林になっているらしい松林の
隙間に入った。奥を覗いた。林の合間から赤い鳥居の足が覗いた。
（行ってみるしかないだろう）
ここまで来て、尻尾を巻くわけにもいかない。が、地面を噛む足は緊張のせい

かいくらか震えているし、護身用の棒切れを持つ指に、いつの間にか強い力が加わっていた。

だいいち、『うえず島』に住む人から、『うたき』に上陸したという話は聞いたことがない。島民の間では、『うたき』は沖縄県の島ではなく、いまだに琉球王国の島であると信じられている節もあった。したがって『うたき』は、外国の領地扱いにされているところもある。

生い茂る雑草を踏み分け、翔平は鳥居の下までやっと辿りついた。

高さは十数メートルで、赤い塗料はあちこちが剝げ、年代を感じさせる。鳥居に吊るされたしめ縄も、ぼろぼろだ。こんなぼろっちい鳥居やしめ縄じゃ、ご利益も少ないだろうと、翔平は内心バカにした。

鳥居をくぐって階段の前に来た。石を積んで造ったらしいが、コケが生えていて、すべってしまいそうな危険性もある。翔平は見あげた。階段の長さは三十メートルほど。

(登ってみるか……)

あとには引けない状況にあった。

足腰には自信があった。三十メートルほどある階段を、一気に駆けあがった。

（ふーん、古めかしい）

階段の奥に建っていた社は、緑黄色の銅版で屋根を葺《ふ》いているのだが、社を囲む板壁はあちらこちらに穴が開いていて、さぞや風通しがいいだろうと、翔平はいくらかあきれた。

神社にお参りすると、なんらかのご利益があると信じられているが、この社の佇まいから想像すると、ありがたいご利益のかけらも感じられない。えっ！　翔平はびっくりした。社の前に賽銭箱が置かれていたからだ。誰が賽銭するのだろうか。正月やお盆の時期に、この島に上陸し、社の前で手を合わせた話など、一度も聞いたことがない。

だとするとぼくは貴重な参拝者かもしれないと思い、翔平は短パンのポケットに入っていた十円玉を取り出し、今にも朽ち果てそうな賽銭箱にコトンと投げ入れた。

賽銭を投げ、目を閉じ、形ばかり手を合わせようとしたとき、翔平はギョッとして見あげた。社を囲む濡れ縁の正面に造られた格子の扉が、ギシッと軋んで開いたからだ。

（えっ、ノロ様……！）

格子戸の奥から出てきた女の人は、白い小袖に緋袴を着用しているが、巫女さんらしくもなく、顔や腕はこんがり日焼けしていたのである。しかしノロさんであることは間違いなさそうだ。長い髪を頭の後ろにひとまとめにして、赤と白の模様を染めた布でしっかり巻いている。

「すみません、無断で上陸してお参りさせてもらっているんですが、ノロ様を驚かせてしまったようで……」

翔平は手を合わせたまま、なぜか詫びた。

よく考えてみると、神社を参拝するたび、神主さんや巫女さんにいちいち断りを入れることはなかったのに。

「ご苦労さまです。でもよかったわ。わたしがこの神社の巫女になって初めてのお客さま……、いえ、お参りの方がいらっしゃって、安堵いたしました」

日焼けした顔も若々しいが、ハスキーっぽい声にも張りのあるノロさんだった。

「ぼくが初めての参拝者、ですか」

「そうです。わたしがこの神社の巫女になりましたのは四カ月ほど前ですが、ほんとうにホッとしました。どなたもお見えにならないと、この島に神社があることも忘れられてしまいます」

「いえ、ぼくの住んでいる『うえず島』では、『あかね島』とか『うたき』とか、『拝み山』とか呼んで、太陽が西の海に沈むころを見計らって、島に向かって手を合わせ、今日の無事と明日の平和をお祈りしていますよ」

半分以上は思いつきだが、翔平はかなり大げさにこの島の存在を誇張して告げた。急に現われたノロさんはとても愛想がよくて、若い美人さんであることに、気をよくしたからだ。

ニコニコ微笑みながら聞いていたノロさんが、濡れ縁の淵から四段下っている短い階段を下りて、石畳に置かれていた白い鼻緒の草履を履いた。緋袴の裾から覗いた足には白い足袋を履いていて、装束から見るかぎり、立派な巫女さまである。

「あなたのお宅は、『うえず島』だったんですね」

ノロさんの声は、風邪の引きはじめのように、喉がれしているふうな音声が魅力的に聞こえた。

「はい。石垣島の高校三年生で、住まいは『うえず島』です。名前は上江州翔平と言います」

「それじゃ、十八歳……？」

「卒業後は本土の大学に進学したいと考えていますが、受験に失敗したら、おじい……、いえ、その、祖父がやっている漁の仕事を継いで、漁師になってもいいかなと考えているんです」

ノロさんを相手にウソを言ってはならないから、半分くらいは本心を伝えた。漁師も悪い仕事ではない、やりがいのある仕事だろうと、中学生のころから考えていた。

「おじい様孝行をなさりたいのね」

話を紡いでいるうち、ノロさんの足は次第に近づいてきた。

小柄なほうだろうか。白い小袖から伸びている腕はしなやかだけれど、なんとなく細っこい。

「あの……、ぼくは初めての参拝者のようですが、ノロ様のお名前を聞かせていただいてよろしいでしょうか。わがままなことをお願いして、申し訳ありません。『うえず島』に帰ったら、ものすごくきれいなノロ様がいらっしゃるから、みんなでお参りしてあげてくださいと、宣伝します」

「まあ、お世辞の上手な高校生だこと。でも、嬉しいわ。きれいなノロ様って誉めてもらって。あのね、わたしの苗字は野呂《のろ》で、名前は詩子《うたこ》……、です。詩子は

〝詩の子〟と書くのよ」

「いえ、ぼくは苗字をお聞きしているんです。ノロ様じゃなくて」

「そうよ、わたしは野呂です」

ひょいと翔平の手のひらを拾ったノロさんは、なんのためらいもなく、翔平の手のひらに右手の指先をあてがい、〝野、呂〟と記した。

（野呂さんがノロ様になったのか）

奇縁である。

「ねえ、せっかくのご縁ですから、お茶でもご一緒しませんか。この神社ではずっと一人暮らしでしょう。お茶を飲むのもご飯をいただくのも一人ぼっちで、つまらないんです」

翔平はあわてて逃げ腰になった。今は愛らしい姿のノロさんでも、どこかに連れこまれた瞬間、おっかない夜叉《やしゃ》に化けるかもしれない。なにしろこの神社は、琉球王国の歴史を汲む古式豊かな施設なのだから、なにが現われるかわからない。

が、半ば逃げ腰になっている翔平の手を、ノロさんはかなり強引につかんで四段ある階段を上がったのである。

ついていくしかない。朽ちかけた格子戸を入った。

へーっ……。翔平はあたりを見まわした。外見のみすぼらしさに比べ、内装はかなりしっかりしている。壁には龍にみえる生き物を描いた大きな絵画が何枚も並べられ、一番奥に据えられたでっかい神棚には、キンキラキンの、黄金で創られたようなご神体が祀《まつ》られていたのである。

が、日本の仏像とは、どこかが違う。そもそも顔の創りが不気味なのだ。目尻は極端に釣りあがっているし、口髭がピンと跳ねあがって、グリグリの目がやたらとでかい。ありがたい仏さまというより、おっかない夜叉だ。

「こんな怖そうな祭壇の前で、野呂さんは一人で寝ているんですか」

手を引かれながら、翔平は声を鎮めて聞いた。夜叉の耳に入ったら、天罰が下るかもしれない。

「お仕事ですからしょうがないでしょう。それにご神体は、ひ弱な女に悪さをなさいません」

とか、なんとか言いながら野呂さんは、翔平の手を離さず、ご神体の裏手にまわった。おやっ！　翔平はまた驚いた。板戸が設えられていた。野呂さんは無造作に扉を引いた。へーっ、こんなことになっていたのか。八畳ほどの部屋は真新しい畳が敷かれていて、化粧台や整理ダンス、それに片隅には小さな台所があった。こざっぱりしているのだ。

　窓には花柄を散りばめた、かわいらしいカーテンが吊るされている。

　しかし翔平は心配した。部屋はきれいに整頓されているが、女一人で住むには寂しすぎるのではないか。とくに六月下旬から九月上旬にかけた台風シーズンは、一般の家が吹き飛ばされてしまいそうな豪雨と大風が、このあたり一帯を荒らしまくる。

　が、部屋に入ってみると意外なほど頑丈そうな佇まいで、外壁が破壊されたり、風に吹き飛ばされても、この部屋だけは強力な台風に立ち向かっていきそうな堅牢さがあるのだ。『うえず島』にある翔平の自宅より、ずっとしっかり造られている。

　壁際に置かれていた小さな卓袱台《ちゃぶだい》と座布団を手にして、野呂さんは部屋の真ん中に置き、ここに座ってください。今、おいしいコーヒーを淹《い》れてきますからねと、いそいそする。

（えらいことになったぞ）

　翔平はかなり緊張した。初めて伺った神社のノロさんならぬ野呂さんに、こんなもてなしをしてもらっていいものか、と。しかしすぐさま室内にコーヒーを淹れる香ばしい匂いが立ちこめた。コーヒーはあまり好みではないが、野呂さんのかいがいしい様子を目にしていると、贅沢は言っていられない。

だいいちお賽銭は十円玉一枚だったから、さほど好きでないコーヒーでも、ありがたくいただくのが参拝者のマナーだろうと、翔平は座布団に座って畏《かしこ》まった。

しばらくして、ふわふわと湯気が立ちのぼるコーヒーカップをふたつお盆にのせた野呂さんが、卓袱台の横にぺたりとお臀を落とした。威厳のあるご神体に仕える巫女さんらしくない、砕けたしぐさである。

「どうぞ召しあがれ」

カップのひとつを卓袱台にすべらせた野呂さんは、お姉さんらしい言葉遣いでコーヒーを勧めた。遠慮なくいただきます……。ひと言挨拶して、翔平はカップを取った。

「わたしはアルバイトで、巫女さんをやっているんですよ」

なんとなく自虐めいた口調で、野呂さんは言った。

「えっ！　アルバイトって、どういう意味ですか」

翔平は問いかえした。巫女さん業にもアルバイトがあったのか、と。

「わたしの父は、茨城《いばらき》県にある稲荷《いなり》神社の宮司《ぐうじ》なの」

「そうすると野呂さんは、稲荷神社のお嬢さまですか」

「そうなるわね。でも、神社の巫女さんなんかになるのはいやだった。それで市役所にお勤めしていたら、たまたまハローワークで巫女さん募集のチラシを見て、巫女さんになる練習をしてみようかしらと思いなおして、興味半分で応募したら合格してしまった……、というわけなの」

「だって、巫女さんになるのが、いやだったんでしょう」

「でも、お勤めする神社が、日本列島の南の端にある琉王《りゅうおう》神社で、おもしろそうだと思ったの。南の端だったら、冬でもそんなに寒くないでしょうし、それにね、お給料がよかったんです。市役所より十万円も多くて」

　この神社の正式名称を初めて聞いた。琉王神社とは琉球王国の王さまを指しているのかもしれない。

　が、野呂さんのバイト就職は、現代的というか、割りきったものの考え方は、これからありがたい神様にお仕えさせていただきますという、真摯、高尚な思考はまるで感じられないのだった。

「しかしこんなちっぽけな離れ小島で一人暮らしをしていると、寂しくないですか。たまには友だちと遊びたいとか、恋人とデートしたい……、みたいな誘惑にかられることもあるんでしょう」

「それは、たまにはね。でも十日に一度のお休みは、ボートに乗って石垣島まで遊びに行くんですよ。映画を観たり、おいしい食事をして、ストレスを発散させているんです」

「休みは、十日に一度しかないんですか」

声に出して翔平は同情した。どれほど頑丈そうにできた個室でも、女性一人が住む場所としてはうら寂しいし、やはりちょっと怖そうだ。

「でもね、翔平さん、人間は努力目標ができると、いろいろな障害に耐えることもできるし、たまにはいいこともあるんです」

「努力目標って、どのような」

「この神社のアルバイト料は、市役所のお給料より十万円も多いって言ったでしょう。それに住まいは無料で、電気代とか水道代もタダなんです。食費も、神社で全部まかなってくれます。そうするとお給料のほとんどは、貯金できるの。一年ほど目をつむって働いたら、リッチな外国旅行に行けるくらいのお金が貯まるし、今の経験を生かして、父の跡を継いで宮司と巫女を兼務できるかもしれないでしょう」

得意そうにしゃべりまくる野呂さんの言葉を、そうかもしれませんねと、あやふやに相槌《あいづち》を打ちながら聞いているしかない。

「たまにはいいことって、どんなことですか」

興味のついでに翔平は尋ねた。

なぜか野呂さんは、急に頬を染めた。そして横座りになったせいで皺になった緋袴の裾を、指先で引っぱった。そうだったのか……。翔平は一人で合点した。琉王神社とやらを一人で守る野呂さんの恋人が、たまには島まで訪ねてくるのだろう。彼女の故郷である茨城県から。ここは絶海の孤島である。琉王さまだって、恋の道行は見てみぬふりをしてくれるに違いない。

翔平は勝手にそう決めた。

島のすべてが独占できる。茜色に染まる太陽の輝きを浴びながら、こんなに愛らしい巫女さんと熱い抱擁を交わすなんて、なんとロマンチックなことかと、翔平はこっそり生唾を飲んだ。ちょっとうらやましい。

ノロさんが皺くちゃだらけのばあちゃんだったら、こんなうらやましい話はなかったのに。

「わたし、今、二十四歳なの。市役所にお勤めしていたとき、恋人らしい男性はいたのよ。でも、わたしが南の島の巫女さんになるって言ったら、別れよう……、ですって」

「ええっ、それで別れてしまったんですか……」

非情な奴ですねと、腹のうちで翔平は付け足した。

「そんなに、悲しくなかったわ。わたしの理想は年下の若者とお付き合いすることだったのね。わたしは一人娘で、弟がほしかったのに、お母さんが産んでくれなかったんですよ」

「年下だったら、お姉さん、小遣いをくれとか、うまいご飯をおごってくれとか、うるさいと思いますよ」

「ううん、そんなふうに、いっぱい甘えてほしかったわ。そう、翔平さんみたいに純粋そうで、健康的で、その上、ちょっと腕白そうな弟がいたら、最高だったわね」

野呂さんの話を聞いているうち、躯中がくすぐったくなってきた。遠まわしにアプローチされているような錯覚にも陥ってしまって、だ。が、恋人と別れたらしいことを聞いて、内心では万歳を叫びたくなった。茜色に輝く太陽を二人で浴びるチャンスは、自分に巡ってくるかもしれない、と。

『『うえず島』から、おじい……、いえ、祖父の釣り舟を走らせると、三十分もかからないで、この島に着きますから、ときどき来ましょうか。そうだ、おばあ……、いえ、祖母が作ってくれるうまいおかずをお土産に持ってきます。野呂さんを一人で島に置いておくのが心配になってきました」

「えっ、ほんとうに！」

「はい、祖父は以前、野呂さんが巫女さんの衣装を着けたまま海水浴をしている姿を、漁をしている最中に、遠くから見てしまったそうです。ぼく、笑っちゃいました。こんなブカブカの着物を着て泳いでも、愉しくなかったでしょう」

「いやだ、見られてしまったのね」

野呂さんの言葉遣いやしぐさは、どんどん打ち解けていく。翔平に対し、すっかり心を許しているふうなのだ。

「ぼくはこう見えても漁師の孫ですから、泳ぎは得意なんです。一キロくらい平気で泳ぎますし、動きが鈍い魚を銛《もり》で突いたりしますから、潜りもうまいんです。今度、教えてあげましょうか」

「この島に来て……？」

「そうですよ。野呂さんの躯のサイズを教えてもらえたら、石垣島の衣料品店で水着を買ってきてあげます」

座布団も敷かず、畳の上に直接座っていた野呂さんの目が、キラキラッと光った。緋袴をこすらせ、ほんのわずか膝を詰めてきたのである。

「あなたは優しい青年だったのね。初めて会ったアルバイトの巫女さんを、こんなに元気づけてくれるなんて」

「ぼく、野呂さんのノロさんが大好きになって、大ファンになってしまったんです。迷惑ですか」

「いいえ、大感激よ。ねっ、仲よしになった記念に握手をしましょう」

話の終わらないうちに野呂さんは、さらに膝を詰めてきて、両手を差し出してきた。薄いピンクのマニキュアを施した爪は美しいが、思わず翔平は。グスッと笑ってしまった。日焼けした手の甲は、農作業をしたあとのようで。

そんなことは気にも止めず、野呂さんは翔平の右手をギュッと握りしめてきたのだ。細いわりに力があった。握手というより、両手で鷲づかみにされた感覚だった。しかも野呂さんの手のひらは、しっとり汗ばんでいた。

(ぼくはこの女性を、これからしばらく、大切に守ってあげる責任があるのかもしれない)

野呂さんに握られた手を預けたまま翔平は、なぜか男の大役を感じた。こんな寂しい島で、ほとんどご利益のなさそうな神社を守っている健気さに、感動したところもある。

「ぼくの躯は水陸両用にできているんです」

翔平は気張って言った。

「えっ、水陸両用って、どういうこと？」

「水に入ったらカッパになって、陸に上がったら猿《ましら》のように、敏捷に駆けまわることができて……、怖いものなしということです。だから野呂さんは、なにも心配しなくてもいいんです。ぼくが守ってあげます」

野呂さんの目尻に、一滴《ひとしずく》の泪《なみだ》の輝きが溜まったように見えた。翔平の手を鷲づかみにする細い指に、あらん限りの力をこめたようで。

「ねえ、翔平さん、おもしろいところを、案内してあげます」

野呂さんが急に話を変えた。

「おもしろいところって、どこですか」

翔平はやや落胆して、問いなおした。おもしろいところより、このままずっとこの部屋で手を握りあっていたい。そうしたら、野呂さんはぼくに飛びついてくるかもしれないと、淡い期待を抱いていた。

「さあ、行きましょう。陸に上がった翔平さんは猿になるんでしょう」

ちゃんとした答えを出さず、野呂さんはすくっと立ちあがった。どこへ行くんですか……。問いかける前に野呂さんは、部屋の扉を開け、翔平の手を握ったまま飛び出したのだった。


陸に上がった猿とはほど遠いへっぴり腰で、翔平は野呂さんのあとを追った。社を出て裏山につづく細い道を駆けぬける。巫女衣装を着たままの野呂さんのほうが、よほど俊敏な足取りで、大小の石ころが転がった坂道を、慣れた足取りでずんずん進んでいくのだ。

丘の高さは海抜五、六十メートルと読んでいたが、細い小路は急に傾斜が強くなった。が、野呂さんの足取りはさらに加速する。

猿にしては情けない。どこへ行くんですか……。聞きたいけれど、息切れし始めた。行き先がまったくわからなくて、不安がつのったせいだ。丘のてっぺんあたりで、おっかない夜叉が待ちうけているかもしれないなどと、よけいなことまで考えてしまう。

十分ほど駆けあがったところで、野呂さんはやっと足を止めた。手は握ったままである。

「ほら、見て、あそこよ」

野呂さんはあまっていた左手をかざし、指差した。

（なんだ、あれ……っ！）

大きな自然の岩石に囲まれた滝が、透明の飛沫《しぶき》をキラキラ撒き散らせ、かなり豊富な水を流していたのである。高さは三メートルほどあって、幅は二メートル弱か。

「あの水は、真水ですか」

翔平は目を皿にして滝の流れを見守り、尋ねた。

「塩分はいっさいないの。ずいぶん昔、神社に関係する人が井戸を掘ったらしいんです。深かったそうよ。そうしたら不思議なことに、真水がどんどん湧き出してきて、滝になってしまったの」

このあたりの孤島では、真水は貴重品である。水質がよかったら飲み水になるからだ。その貴重な真水が垂れ流しになっているとは、もったいない！

「冷たいんでしょうね」

「わたしはときどき、あの滝の下で、滝行をやっているんです。滝壺の下に立って。ねっ、翔平さんもやってごらんなさい。水に入ったらカッパになるんでしょう」

かわいらしい表情なのに、野呂さんは意地悪なことを言った。

意地悪に負けてはいられない。カッパとか猿といった勇ましい言葉が空元気になってしまったら、『うえず島』の名折れになる。が、勇んで滝壺に入ろうとして、翔平の足はハタと止まった。Tシャツと短パン、それにブリーフをどうしていいのかわからなくなって。

脱ぐのは簡単だが、麗しい野呂さんに素っ裸をさらすわけにはいかない。ブリーフは穿いたままでもいいんだろう。

ふと思い出した。修行僧が滝行をやっている姿を、どこかの写真で見たことを。

修行僧は上半身裸で、サラシのフンドシを締めていた。今、フンドシの持ち合わせはないから、ブリーフで我慢するしかない。水に濡れたら、帰りの舟は短パン一枚でも仕方がない。

心に決めて翔平は、潔くTシャツを頭から抜いて、短パンを引きおろした。目の前に立ちすくんでいた野呂さんの視線が、急に焦点を失った。翔平の頭のてっぺんから爪先まで、何度も往復させながら。

とてもみっともない。白いブリーフの前が、少し膨らんでいたからだ。チンポが膨張しているわけではない。息せき切って急坂を駆けあがってきたから、チンポがでかくなるわけではないが、チンポが存在している以上、わずかな膨らみは隠しようがないのだった。

「そんなにジロジロ見ないでください。これからぼくは滝行をやろうと、真剣なんです」

「あなたの躯は……、ねっ、ものすごく強そうです。胸とか太腿は日焼けして、筋肉ははち切れそうなほど張っているわ」

「それは、その……、おじいの漁の手伝いをしていますから、日焼けは防ぎようがないんです。こんな真っ黒な躯をした男は、嫌いですか」

情けない声で翔平は問うた。野呂さんの顔がまともに見られないほど、しょげかえる。

声もなく野呂さんは、わずかに頭《かぶり》を振った。そしてこわごわといった様子で、少しずつ近づいてくるのだった。興味津々の視線は翔平の素肌から離れていかない。

「二人一緒に、滝に打たれましょう」

野呂さんの声が乾いて出てきた。

「野呂さんは巫女衣装を脱いで……？」

見あげてきた彼女の目元に、恥ずかしそうな笑いが浮いた。

「翔平さんと同じような裸じゃありません。下着をつけていますから、心配しないでください」

野呂さんの指が、ノロノロ動いた。緋色の袴の帯を解いた。袴がスルスルッとすべり落ちた。あっ！　ステテコを穿いていたんだ。翔平は口の中でつぶやいた。淡いピンクの薄布は、男用のステテコの形に似ていたが、もっと幅広である。おじいが縁側で昼寝をしているとき、よく穿いていた。

野呂さんの指は、白い小袖の紐に掛かった。小袖の前が開くまで、わずか数秒。

小袖の内側から現われた下着は、どうやら肌襦袢である。ときどきおばあも着ていたが、木綿の分厚い襦袢だった。それに比べると野呂さんの肌襦袢はものすごく薄い。

あっ！　翔平は息を飲んだ。

肌襦袢の胸元に乳房の盛りあがりが、くっきりと浮きあがったからだ。肌襦袢を突き上げているようにも見える。ブラジャーはしていない。だとすると、ステテコ風の下着の内側に、パンティは穿いていないのか。急に動悸が激しくなった。極薄の肌襦袢とステテコが水に濡れたら、どうなるのか。深く考えることもない。

「さ、滝壺に行きましょう」

わりと素っ気のない声で言った野呂さんは、滝に向かう細い下り坂を歩きはじめた。後ろについていった翔平の胸の動悸はますます激しくなった。ステテコの後ろに、彼女のお臀の形がもっこり浮き彫りになったからだ。細身のわりにお臀の肉づきは豊からしい。

割れ目の筋までステテコに滲んでくる。

（こらっ！　静かにしろ！　これから敬虔《けいけん》な滝行に初挑戦するんだろう）

自分を強く叱《しか》ったが、ステテコに浮きあがってくるお臀の輪郭を目にしていると、ブリーフ一枚の半裸がカッカと熱くなってきて、徐々にチンポの先っぽがうごめき始めた。

あと数秒もしないうちに、チンポの先端はブリーフをこするだろう。

そんなみっともない形を、野呂さんに見せるわけにはいかない。

(でも、野呂さんにも責任があるんだ)

スケスケのステテコを穿いてくるなんて。素っ裸になられたより妄想を逞しくして、よっぽど猥《いや》らしく映ってくるからだ。

それでも二人は滝壺の淵まできた。

流れ落ちてくる水の勢いは想像以上に強く、滝壺に溜まっている水に当たって、飛沫をあげて飛んでくる。ちょっと冷たい。が、躯が火照っているせいか、心地よい。

「さあ、入ってください。滝の真下で頭からかぶるのよ」

厳かな声で言った野呂さんは、先陣をきって滝壺に足を踏みいれ、両手を合わせ、瞼を閉じて滝の真下に立ちすくんだ。一秒も経たないうちに、肌襦袢とステテコは水に濡れ、彼女の素肌に、ぴたりとまとわりついたのだ。

見ているのが恥ずかしくなってくるほど、生々しい。

乳房だけではない。薄いステテコの股間に黒い翳《かげり》が浮いてくる。オマンコの毛だ。やっぱりパンティは穿いていない。だが、唇をキリリと嚙みしめ、真剣な表情で滝に打たれる野呂さんの姿を追っていると、スケベな思いで見つめていることが、罪悪と思えてきた。

彼女は真剣そのもののようだから。

翔平は滝壺に飛びこんだ。

野呂さんを真似て両手を合わせ、滝の真下に歩いた。頭や肩に当たってくる滝は少し痛く感じるほど強いが、その痛さが逆に心地よい。野呂さんの真ん前に立った。両手を合わせ瞑目《めいもく》している野呂さんの口から、なにやらわけの分からない祝詞《のりと》のような声が聞こえた。

琉球王国に伝わる念仏でも唱えているのだろうか。アルバイト巫女さんにしては、大真面目である。その声は一分近くもつづいた。

（もういいでしょう）

滝行の一旦でも経験させてもらったから、そろそろ退散したい。

そのとき、野呂さんの瞼がひっそり上がった。長い睫毛に水滴が溜まっている。

「ありがとう。滝行まで付き合ってくれて」

野呂さんの声が、心静かに聞こえた。

「お礼を言ってもらうほどのことはありません。ぼくもよい経験をさせてもらいました」

「あのね、ほんとうのことを言いますと、わたしの胸の中にムクムクと湧いてきた邪念を振り払いたくなって、滝に打たれたの」

「邪念て、なんですか」

「心の迷いかしら」

「ぼくにはよくわからないんですが、わけのわからない迷いに苦しめられたんですね」

あやふやに答えながら翔平は、ぼくのほうがずっと深い迷いに嵌まっていたんですと、強く訴えたくなった。肌襦袢に浮かんだ乳房とか、ステテコ風の下着に滲んだ黒い翳、さらには、むっちりと突きあがったお臀の膨らみは、チンポの根元を痛撃して膨張しはじめ、そんなみっともない恰好を、こんなにかわいらしいノロさんに見せてはならない、と。

「巫女さんアルバイトが終わるまで、わたし、人間の欲望を忘れようと、心に決めていました。そのくらいの強い覚悟がないと、こんな寂しい島で、巫女さんのお仕事はできません。だって、いつも一人ぼっちなんですもの」

「す、すみません。そんなことも知らずに、ぼくはノコノコやってきてしまったんですね」

「でも、お社の前でお会いしたときは、ほんとうに嬉しかった。素敵な男性が来てくださった、と」

「お賽銭を投げて、さっさと帰ればよかったんだ」

「そうね。そうだったかもしれない。でも、しばらくの間、お話していたかったのは、ほんとうのことよ。この島で一般の男性にお目にかかったのは初めてだったんですもの」

「よけいだったのは、滝行でしたか」

「あなたに滝壺を見せたかっただけ。きれいな真水は、琉王神社の自慢でしたから。でも、あなたが急にお洋服を脱いで、裸になって……、それで急に、わたしの気持ちは虚ろになって、心が激しく揺れはじめたみたい」

「野呂さんの気持ちをそんなに動揺させたんですから、やっぱりぼくが悪かったみたいですね」

「わたしの理想としている男性のお肌が、急に目の前にポッカリ浮きあがったら、気持ちが乱れるでしょう。わたしは本物の巫女じゃないんです。アルバイトのエセ巫女でしょう。だから、わたしの心に、捨てたはずの人間の欲望がメラメラと燃えあがって、それでわたしはあわてて滝に打たれたんです。乱れた気持ちを鎮めよう、と。でも、全然、効果がないわ。あーっ、いじましいわたしの躯を、なんとかしてちょうだい」

ああっ、なにをするんですか！　翔平は背中から倒れそうになった。いきなり野呂さんの、びしょ濡れになった全身が胸板に飛びこんできたからだ。両手に拳《こぶし》を作り、思いっきり胸板を叩いてくる。野呂さんは自分の気持ちと対峙し、激しく闘っているような。

困った。対処の仕様が思いつかない。

が、翔平の両手は比較的素直に伸びて、どどっと倒れこんできた野呂さんのウエストをしっかり抱きとめていた。しまった！　あわてふためいたが、遅かった。キュッとくびれた彼女のウエストの感触が両手に伝わってきた瞬間、それまでじっと耐えていたチンポがビクンビクンと弾んで、濡れたブリーフをこすり上げたからだ。

膨らんでしまったブリーフの前は、間違いなく野呂さんの股間を直撃している。滝に打たれ、霊験なる修行の真っ最中に、チンポを膨張させるなんて、神様の世界を冒瀆する不道徳であると、翔平は己を恥じた。が、神の世界であろうとなんであろうと、男の生理現象は、自然の摂理である。止めようがない。

えっ！　翔平は今の現実に戸惑った。

男の膨らみを股間に感じているはずの野呂さんの腰が、クネクネとうごめいて、股間全体をこねつけてくるからだ。

（修行中でしょう）

注意を喚起したくなったが、野呂さんの腰のうねりは前後、左右と複雑化してくる上に、濡れた顔を翔平の肩口に押しつけてくるのだ。唇も当たってくる。小柄な躯全体を大きく使って、若い男の肉体を抱擁しようとするような動きだ。

ますます具合が悪くなってくる。

濡れた肌襦袢は二人の肉体をまったく遮蔽してくれないし、水浸しのステテコ風パンツはぺったりと彼女の下肢に張りついて、全裸を抱きしめているような刺激を与えてくる。

（もう、止まりませんからね）

翔平は宣言したくなった。

チンポの膨張は速度を増し、野呂さんの股間をグイグイ突きまくっている。うんっ……。負けずに押しかえしてくるのだ。そそり勃ったチンポの裏側に、野呂さんの股間の肉がモチモチとへばりついてくる。

（どうしたらいいんだよ）

翔平は心底困った。すでに手の施しようもない。

そのとき肩口に埋まっていた野呂さんの顔が、水に濡れたまま起きあがってきた。睫毛に溜まった水滴を振り払うようにして、じっと見すえてくる。

「弱ったことになってしまいましたね。ぼくはまだ高校生で、こんな危なっかしい経験をしたことがないので、ほんとうに困っているんです。野呂さんだって、気持ち悪いでしょう」

彼女の目元に、無理やり作ったような微笑みが浮いた。いや、恥じらっているのだ。

「わたしのお願いを聞いてください」

野呂さんのひそめた声が、激しく流れおちる滝の音に飲みこまれていく。

「ぼくにできることだったら、全力で協力します。だって、さっき言ったでしょう。ぼくの躯は水陸両用に仕上がっています、と」

彼女の要求がなんであれ、今の切迫した状態から逃げたい一心だった。

「そんな、むずかしいことじゃないの」

「どのような……？」

「今はお昼をすぎたばかりで、明るい太陽がまぶしいほど射しているでしょう」

「あっ、はい」

野呂さんがなにを言いたいのか、かいもく見当がつかない。

「巫女さんのお仕事をするまで、わたし、市役所に勤めていました。そのとき、年上のボーイフレンドができたの」

「野呂さんが南の島でノロさんになると言ったら、冷たく別れていった男のことですか」

「そう、そうよ。でも、うまくいっているとき、彼とセックスもしたわ」

そんな過去は、聞きたくもない。

冷たい男がいくつだったのか、知る由もないが、二十四歳になる野呂さんより年上らしいから、常識的に考えて、恋におちた二人がセックスするのは当たり前じゃないかと、翔平は突き放した判断を下した。

「気持ちよかったんでしょう」

嫌味たっぷりに言ってやった。

「よくわからなかったの。わたしの男性経験は、彼一人だったから、比較する相手もいなかったわ」

「それで、ぼくになにが言いたいんですか」

濡れネズミになった野呂さんを、いつまでも滝の下に置いておくこともできない。水の冷たさがだんだん肌に染みてくるからだ。野呂さんだって同じだろう。できることなら太陽の光を浴びて、躯を温めてあげたい。

翔平の心情を察していないのか、野呂さんは全身を寄せつけたまま、言葉をつづけた。

「あの人は、恥ずかしがり屋さんなのか、潔癖症だったのか、わたしを抱くとき、いつも部屋を暗くして、お互いが手探りみたいな恰好で、お互いの躯を要求していたのね」

「そんなのおかしいです。ぼくはさっきから、肌襦袢とか薄いパンツに映ってくる野呂さんの躯を、穴の空くほど見つづけています。黙っていましたけれど、薄いパンツには、その……、野呂さんの黒い毛が滲んできましたから、パンツを引きはがして、実物のヘアを見たいと、そう思っていたんです。男だったら、普通の感覚でしょう」

膨らんだブリーフに押しつけてくる野呂さんの股間が、その瞬間、激しくもがいた。股間の丘にぶつかってくるチンポの太さや硬さ、それに形を確かめようとしているような。

「そうでしょう。わたしだって同じよ。好きになった男性のすべてを、しっかり自分の目に留めておきたいと思うのは、女の欲望なの。でもね、彼はわたしのお願いを、全然聞いてくれなかったし、さわらせてもくれなかった」

「ええっ、それじゃ、あの……、口で飲むことも拒否されたんですか」

野呂さんの睫毛に溜まった水滴が、頬に伝って流れおちていく。野呂さんの顔は笑っているような、泣いているような。自分の不遇を嘆いているのか。あっ、そうだ！　瞬間、翔平の脳裏にグッドアイディアが閃いた。自分ができることだったら全面協力しますと、約束したばかりだった。

翔平は腹のうちでガッツポーズを作った。野呂さんだって悦んでくれるに違いない。

「野呂さん、ぼくのでよかったら、お見せしましょうか。そんなに立派な形とは思いませんが、今はかなり大きくなって、一見の価値があると思います。こんなに明るい太陽の下だったら、毛一本、皺一本、血管まではっきり見ることができるはずです」

口にしてから翔平は、自分は天下一の恥知らずだと頭を掻いた。

自分の提案は時の勢いだったと、自己弁護しながらも。

野呂さんの躯が、ひょいと離れていった。そして翔平の股間に好奇の目を向けた。水に濡れたブリーフは膨張したチンポの形状を、そっくりそのまま浮き彫りにして、なかなか勇ましい。

「あん、血管まで見えるんですか。ねっ、どこに？」

大真面目で問われた。ほんとうに、この女性はなにも知らないらしいと翔平は理解した。翔平とて自分の目でしっかり確認したことはないが、その程度の知識はあった。

「それはですね、男性器がギンギンに膨張すると、筒の部分に青く見える血管が、何本か浮きあがってくるんです。男の元気の証拠らしいんです。気持ち悪くなかったら、しっかり見てください」

「ねっ、ほんとうに……！　わたし、そのことをお願いしようと思っていたの。だって、オチンチンなんか、一度も見たことがなかったんですもの」

改めて依頼されて、翔平は本心から悩んだ。問いなおされると、わずかなためらいも奔る。そんなバカなことをやってもいいのだろうか、と。ましてやこの島は、琉球王朝が指定した、神聖なる『うたき』である。破廉恥な行為は厳に慎むべきではないか。

　が、島は神聖な場所であっても、天高く広がる青空は、庶民の共有財産であるから遠慮することはないだろうと、翔平は思いなおした。

「ぼくは、あの……、滝壺の淵にある平べったい岩場で、ブリーフも脱いで仰向けになりますから、野呂さんは上から見てくれますか」

「どうしてそんな恰好に……？」

「男の局部は、時に穢《けが》れている場合もあるでしょう。この島は神聖な『うたき』ですから、穢れた肉体を地面にこすったら、罰が当たるかもしれません。それに、ぼくはまだ十八歳で、刺激に弱いものですから、ついうっかり、その、我慢汁をもらしてしまうこともあるんです」

「ねえ、我慢汁って、なあに？」

　この女性は二十四歳にもなってもやはり、そんな簡単なことも知らなかったのだ。しらばっくれているふうでもない。仕方がないだろう。暗闇のセックスをやっていたから、微妙なる男の生理も理解できていなかった。

「我慢汁とはすなわち、男が昂奮すると自然に滲んでくる体液なんです。昂奮しすぎるとタラタラもれてきて、地面に垂らすと汚れてしまいます。でも、ぼくが仰向けに寝ていたら、汁が出てきても、ぼくの下腹に垂れていくだけで、土地を汚すことはありません」

翔平の語るひと言、ひと言を野呂さんは興味深げで耳を傾ける。しょうがない。できることは全力を尽くしてやってあげるべきなのだ。改めて翔平は心して滝壺の淵まで歩き、ひと思いにブリーフを引き下げた。が、びっしょり濡れているせいで、太腿やふくらはぎに絡んで脱ぎにくい。やっと足首から抜いたブリーフを、翔平はなぜか丁寧にたたんで、石の上に置いた。

後ろからじっと見つめているらしい野呂さんの視線が、背中や尻に当たってきて、ひどくくすぐったい。

「もっと近くに来てください」

空元気の声を発して翔平は、比較的平らな石の上に仰臥した。とてもまぶしいのだ。素っ裸になって仰向けに寝てしまったから、羞恥心とか戸惑いがごちゃ混ぜになって、日光が黄色く見えてきた。

が、そそり勃つチンポの勢いは、まるで削がれない。ますますいきり勃ち、黄色い太陽に向かって直立する。

あれっ！　日光から目をそらしたとき、すぐかたわらに野呂さんが佇んでいることに気づいた。肌襦袢やステテコに似た下着はつけたままだったけれど、下から見あげると、肌襦袢の胸を盛りあげる乳房の膨らみはさらに角度を増し、乳首の突起は、ピクンと薄物を突き上げている。

自分の妖しげな姿など、まるで気にする様子もなく、野呂さんの視線は一点集中している。仰向けに寝た翔平の股間を、怖いほど鋭い目つきで睨んでいるのだった。

両手で隠したくなった。

これほどしげしげと見つめられては、やたらと恥ずかしい。翔平の手はまごついたが、さっさと隠したら、約束を違えることになる。歯を食いしばって翔平は耐えた。

「ねっ、翔平さんがおっしゃったとおり、あーっ、青い血管が何本も浮いています。痛そうなほど」

しゃがれた声で言った野呂さんの腰が、少しずつしゃがんできて、裏筋を跳ね上げそっくり返るチンポのすぐそこに、顔を寄せてきたのである。

「痛くはないんですよ」

「でも、びっくり……、です」

「なにが？」

「わたし、男の人のオチンチンは、もっと汚らしい形をしていると想像していたんですよ。どす黒そうで、ヌルヌルして、形は不気味かもしれない、と」

「そのうちヌルヌルしてくるかもしれませんよ」

「それがね、とってもきれいなの。立派な形をしているし、バランスがいいのね。色はピンクに光って、ツヤツヤしているし」

彼女の顔はさらに接近した。

そんなに奥まで覗かないでください。翔平は強くお断りしたくなった。チンポの先端から根元までを何度も往復した野呂さんの視線は、太腿の隙間に挟まれた男の袋を覗いてきたのである。

勇ましく屹立《きつりつ》しているチンポと比べると、男の袋はだらしない。だらんとしていることもあるし、皺だらけだ。その上、毛深いときているから、見栄えはしないだろう。

「翔平さんは、ヘアがいっぱい生えているんですね。元気そうだわ。あーっ、それにね、いい匂いがします。磯の香りなのかしら。鼻いっぱいに吸いたくなってくるわ」

ああっ！　翔平は腰を引きたくなったが、平たい石の上に寝ているものだから、引きようがない。匂いに引きよせられたのか、野呂さんの鼻先はとうとう筒先の小さな凹みまですり寄った。クンクン鼻を鳴らしてくる。まるでワンコだ。

彼女の鼻息を感じるたび、チンポはビクンビクンと弾んで、彼女の鼻先や唇あたりを小突きそうになる。決して接触してはならない。なぜなら、脇腹近くまで沈んできた彼女の乳房が、肌襦袢の襟元から覗きそうになっているし、ステテコ風パンツは、わりと肉づきのよさそうな太腿の輪郭を、はっきり浮きあがらせているからだ。

目に飛びこんでくる悩ましい形状は、股間全体を刺激しまくり、一滴、二滴の我慢汁が滲みはじめ、下手をすると野呂さんの頬っぺたあたりに垂れてしまうかもしれない。

そんなみっともない粗相をしてはならない。

ああっ！　翔平はまた叫んだ。

野呂さんの指先が物珍しそうに伸びてきて、筒先を汚しはじめた我慢汁を、ヌルリとすくい取ったからだ。

「あん、ネバネバしているわ。ほら、糸を引いています」

ネバネバをすくった中指と親指の腹をこね合わせ、伸ばしたり縮めたりする。彼女の目はどんどん好奇に満ちてくるのだ。まるで屈託がない。

「そんなことをされると、もっと昂奮して、ネバネバがいっぱい出てきますからね」

本来、男としては悦んでいいはずの女性のいたずらであるが、まるで初心なる巫女さんのしぐさからは、彼女の本心を読みとることができなくて、翔平はただただ彼女の幼い様子をうかがっているしかない。

「不潔そうなネバネバでしょう」

翔平はおそるおそる尋ねた。野呂さんの指は、糸を引く粘液を何度も引き伸ばしたり縮めたりして、無邪気に遊んでいるのだ。

「いいえ、ちっとも。ねえ、このネバネバはどんな味がするのかしら。無色透明でしょう。だから味は薄いかもしれないわね」

ギョギョッ……。思わず翔平は野呂さんの様子を見なおした。ほっておくと舐めてしまう恐れもある。それほど無知なのだ。そんなこと、やめてください……。

言葉で言って、彼女の手首をつかまえようとしたが、時間差があった。ネバネバにまみれた親指を、なんのこだわりもなく、野呂さんはひょいと口に入れてしまったのだ。

水飴を舐めるような音を鳴らしながら、親指を出したり入れたりする。

彼女の目元に微笑みが浮いた。口から指を抜いて舌なめずりをしているのだから、すでに手の施しようがない。

「ぼくは知りませんからね、そんなものを舐めて、お腹を壊しても」

「あら、翔平さんの躯は、そんなに不潔っぽいんですか。少し芳ばしい味がするんですよ」

言いながら野呂さんは人差し指でチンポの先端をヌルリと掃き、そしてなんのためらいもなく、口に差しこんだ。本格的に舐めはじめたのである。なんの遠慮もなく筒先を指で撫で、そして、その指を舐められると、表現しがたい昂ぶりが全身を駆けめぐって、我慢汁の量は多くなってくるし、腰が勝手に上下する。

「もう、検閲は終了してもいいでしょう。ぼくも我慢の限界にきているんです」

翔平の口ぶりが気ぜわしくなった。

「もう、飽きたのね」

「いえ、そうじゃなくて、さわられっぱなしでは、不満が爆発するかもしれないんです。だって、そうでしょう。野呂さんはまだ肌襦袢や長いパンツを穿いたままなんですから、さわりたくても、さわれません」

ふいに野呂さんの目が翔平の顔を直撃してきた。

相変わらず、ネバネバの指は口からはなさないのだが。

「翔平さんは、わたしの躯を見たいのね。見たいだけじゃなくて、さわりたくなったみたい」

「当たり前じゃないですか。ぼくは野呂さんの、昔の恋人とは違うんです。半分、裸みたいな野呂さんをずっと見ていると、苦しくなってきます。なんで脱いでくれないのか……、って」

「でも、ねえ……、わたし今まで黙っていましたけれど、ちょっとおかしいの、わたしの躯が」

「えっ、長い間、滝行をしたせいで、お腹が冷えて、痛くなったとか？　いや、それともぼくのネバネバを舐めたから、お腹が下痢っぽくなったんじゃないでしょうね」

「そうじゃないわ。お腹じゃなくて、その下のほう。太腿の付け根の、その奥のほうが、すごく熱っぽくなってきて、中のお肉が暴れはじめたみたい」

なんだ、昂奮してきただけじゃないか。

そのあたりの女性の生理が、まったく理解されていない。

「もしかしたら、ぼくと同じようなネバネバが、中の肉から湧き出しているのかもしれません」

「えっ、わたしの躯からもネバネバが……？」

「ぼくが見てあげます。ほっておくと、その長いパンツを汚してしまいますよ。さあ、脱いでください」

言ってしまってから翔平はこっそり一人で笑った。ステテコ風パンツはびしょ濡れで、どちらにしても洗濯しなければならない。

「ねっ、こんな明るいところで……？」

野呂さんは急におびえた声で言い、青く広がる空を仰いだ。小さな白い雲がたなびいているだけで、空は穏やかに晴れわたっている。

「野呂さんの裸を、昔の恋人は見てくれたんですか」

「いいえ、一度も。いつも暗闇だったから、見えるはずがなかったんです」

「そうすると、野呂さんの躯が昂奮状態になったとき、太腿の付け根の奥……、もっとわかりやすく言うと、オマンコがどんなふうに変化するのか、きっちり見てもらったことがない」

「いやーん、オ、マンコ……、だなんて。でも、そのオ、マンコは、そんなに変化するものなの？」

「中の肉が暴れているんでしょう」

「あーっ、そうなの。ヒクヒクしたり、ニュルニュルうごめいたり……。どうしてこんなに暴れるの。わたしの言うことを、全然聞いてくれなくて。それから生温かくなってくるんです」

「それじゃ、早くパンツを脱いでください。ぼくが正しく見てあげます」

「だって、こんなに明るいんですよ」

ぐずぐず言いながらも、野呂さんはステテコ風パンツのゴムに指を掛け、とても慎重な手つきで引きおろし始めた。仰向けに寝ていた翔平は、つい膝を立て、横向きになった。

「だめ、そんなに見ないでください」

足首からパンツを抜いた野呂さんは、あわてふためき両手で股間を覆った。指の隙間から見えた黒い毛の群がりは、長方形のふんわり型。

「そんなに隠したって、ちゃんと見えています。ここまできたら、お互いに堂々と見せ合いっこしたほうが、気分がよくなると思いませんか」

「だ、だって、今はお昼で、お日さまがこんなに明るく照りつけているんです。堂々と見せ合いっこする場所でもありません」

「だってさっきから、野呂さんはぼくの男の袋まで覗いていたんですよ。ものすごく恥ずかしかったんです。その結果、野呂さんの秘密の肉が暴れだして、熱をこもらせてしまったんです」

「ああん、そうしたら、どうしたらこの熱はおさまるのかしら」

股間を覆った野呂さんの手は、いくらか震え、行き場を失いかけている。

「オマンコの肉が、粘っこくなっているんですね」

「そうよ。あのね、いやーん、わたし、ほんとうにおかしくなってきたわ。だって、あの、オ、マンコの奥のほうから、オシッコがもれてきそうな感じがするんです」

アルバイトでも巫女さんである。その巫女さんの口から、さほどためらいもなくオマンコという下卑た語彙が連発してくることに、慣れって怖いと、翔平はこっそり首をすくめた。

怪しげな言葉に触発されたのか、野呂さんは股間をひねったりよじったりして、腰を揺り動かす。我慢できない様子である。オマンコ周辺が本格的にムラムラ、ムズムズしてきたのだろうか。

「わかりました。オシッコを我慢していると躯に悪いし、今は神聖な滝壺に入っているんですから、早く出て、そうだ、ぼくの顔に跨《また》がってください」

「ええっ、翔平さんのお顔を跨ぐ……！」

「そうですよ。ちゃんとオシッコが出てくるか、ぼくは真下から確認します」

「だめ、だめです。そんなことをしたら、翔平さんのお顔が、ビショビショになってしまいます」

「構いませんよ。野呂さんのオシッコで顔が濡れたら、男として本望です。だってぼくはさっき言ったでしょう。ぼくができることだったら、全面協力します、と。オシッコをかけられるくらい平気です。だから、さ、早く」

「あーっ、あなたって、ほんとうに素晴らしい男性だったのね。ううん、違うわ。女の躯を狂わせてしまう男性だったのよ。前の彼氏とは、全然違います。あなたの言うことだったら、なんでも素直に受けいれてしまうような」

意を決したのか、野呂さんは滝壺から這い出て、平たい石の上で仰向けに寝ている翔平の真横に足を運んだ。真下から見あげる愛らしい巫女さんの半裸は、翔平の昂奮を激しく焚きつけてくる。細身の体型にマッチした太腿の丸みに、昂ぶりの目が吸いよせられていく。さわってみると、スベスベすべっていくようななめらかな肉づきに見える。

それに……、長いパンツに滲んでいたお臀は、割れ目が深い。力任せに抱きしめたくなるような、肉の膨らみなのだ。

「ねっ、怖いの。だって、翔平さんのお顔に跨るんでしょう。あーっ、そんな恰好になったら、あん、わたしのソコ……、だからオ、マンコが、あなたのお顔の上で、剝き出しになってしまうのよ」

「そうしないと、ヒクヒク、ニュルニュルの原因がわからないでしょう。ほんとにオシッコが出てくるかどうかも、確認できません」

「ほんとに、いいんですね。あなたのお顔にオシッコを飛びちらせても。いっぱい出るかもしれないわよ」

「お待ちしています」

翔平はわざとらしく、口を目いっぱいに広げ、ニッと笑った。

オシッコなんか出るわけがない。オマンコの奥がざわついて、昂ぶりの粘液が滲み出しているんだ。女性の躯も昂奮してくると、いろんな体液がもれ出てくることは、半年以上も前、コンサルタント会社に勤務している新垣千尋さんとの交わりで、しっかり経験させてもらった。

だいいち、新垣さんのオマンコの奥から滲み出てきた体液を、すべて飲み干しても、腹を壊すことはなかった。だったら、二十四歳になったらしい野呂さんの体液はもっと新鮮で、違った味がするかもしれないと、翔平は大いに期待した。

「あーっ、こんな恰好になって、わたしは……、とってもはしたない女だったのね」

かすれた声で、途切れ途切れに言った野呂さんの左足がゆらりと、顔の上を通過していった。が、股間の奥はしっかり閉じられたままで、肝心の部分は陽の目をみない。

「野呂さん、もっとお臀を沈めてください。棒立ちになっていたら、オシッコの出てくる肉の隙間が全然見えないんです」

「お臀を沈めていったら、ああん、中身がみんな見えてしまうのよ」

「ついさっき野呂さんは、ぼくの男の袋を見ていたんですよ。あれは陰嚢です。すごく敏感にできていて、ほんとうはあんまり見せたくない部分ですが、ぼくは我慢していたんです。今度は野呂さんが我慢する番です」

「…………」

声は返ってこない。が、彼女の息遣いは一段と激しくなって、肌襦袢の裾から覗いてくる下腹を、大きく波打たせるのだった。

おやっ、縦に小さく切れているお臍もかわいらしい。目の上に、チラッと覗いてきたお臍に、しゃぶり付きたくなった。が、野呂さんの神経はお臍までまわっていない。そんな余裕はないのだ。

それでも野呂さんは、少しずつお臀を沈めてくる。ぴったりくっついていた内腿の付け根あたりの肉がほんのわずか、左右に剝がれていき、その奥から色素の沈殿した肉の畝《うね》が、ジリジリと姿を現わしてくる。その色あいは薄い茶褐色……。

ネットリと濡れて光っている。縦に切れた肉の筋から興奮の体液が滲んでいる証拠だ。

股間の丘では長方形に茂っていた黒い毛の群がりは、肉の畝のまわりにもほやほやと萌えていて、オマンコ全体を柔らかく覆っている。薄闇の部屋では、これほど詳細な形が見えないだろう。

燦々《さんさん》と降りそそぐ太陽の光を受けているから、それこそ、毛一本、小皺の一本までははっきり見えてくる。あっ、肉の畝の端っこにポツンと浮き出ているホクロまで翔平は発見した。

「野呂さん、もう少し我慢して、あと少しお臀を沈めてきてください。そう、和式のトイレに座ったつもりです。神社のトイレは和式でしょう」

「あーっ、はい。そうよ。ねっ、そんな恰好になったら、翔平さんのお顔にくっついてしまうほど、あの……、オ、マンコを下げることになります」

「構いません。思いどおりにやってください。ぼくは待っているだけなんです」

それまでの、ためらいがちだった股間の動きが、急に大胆になった。

和式トイレのアドバイスで、要領を得たらしい。

野呂さんの股間は一気に沈んできた。縦にえぐれていた肉筋が、糊を剝がしたように、パカッと左右に開き、菱形に裂けたオマンコから、ピンクに艶めく肉が溢れ出てきたのだった。

（きれいだ……）

真下から見あげながら翔平は感嘆した。

淡いピンクと真っ赤な肉が複雑によじれ合って、小さなタコの吸盤のような突起が、ピクピクひくついた。あれはなんだ？　オシッコの出てくる場所に違いない。かわいらしいノロさんの秘密めいた粘膜であると考えると、すべての肉が美しく映ってくる。

「あーっ、みんな見えているんでしょう、わたしのオ、マンコ……」

首筋を仰け反らした野呂さんの両手がユラリと落ちてきて、平らな石につき、とても不安定な恰好になった上体を支えた。いつまでも苦しい体勢を取らせていては気の毒だ。翔平は下から両手を伸ばし、左右に開ききった太腿の下側をしっかり支え持った。

「あん、翔平さん、ねっ、いいのね。ほんとうに、なにかが吹き出ていきそうなのよ。あーっ、ウソじゃないわ。あなたのお顔に、シャーッと飛び散ってしまいそうなの」

「心配しないで勢いよく吹き出してください。ぼくの口で、全部、受け止めますから」

翔平は本気で言った。オシッコが吹き出てくるなら、タコの吸盤からだろう。

翔平は目を凝らした。ひくつきはおさまらない。助けてあげよう。気合をこめて翔平は、タコの吸盤を目がけて口を上げ、唇に挟むやチュチュッと吸った。なにが吹き出てこようが、一滴残さず飲んでやる。野呂さんの内腿に激しい痙攣が奔って、翔平の手のひらを震わせた。

「あーっ、なにをしたの！　すごいの。引っぱられているわ、中のお肉が……。ねっ、出ます！」

切れ切れの声が耳に届いて、彼女の太腿を支えている両手に力がこもった。うっ！　翔平はうめいた。オマンコの奥のほうから、なにかがビュビュッと吹き出てきたのだ。だが、タコの吸盤からではない。もっと奥のほうからだ。吹き出てきた体液を飲んだ。オシッコとは違う。薄い味だ。さらさらした真水のようなな。

（なんだ、これ……？）

体液の正体がなんであるか、まるでわからないが、間歇的《かんけってき》に吹き出てくるのだ。口を開けて待ち受ける。だが、ビュッと勢いよく飛び出したり、チョロッともれてきたりして、出方が一定しない。味は薄い上に、匂いもほとんど感じない。滝行をしているうち、滝の真水がオマンコの中に入って、その水が逆流してきたのか。

顔面はびしょ濡れになった。

「あーっ、ごめんなさい。ねっ、止められなかったのよ。汚いでしょう。このお水、なあに？　こんなこと、初めてよ。ごめんなさい」

何度も謝った野呂さんの躯が、胸板に押しかぶさってきた。

「オシッコじゃありません。ちょっとぬるめの真水みたいな味でした」

「怒らないで。でも、ねっ、気持ちよかったの。オ、マンコの奥のほうからお水が飛び散っていくたび、わたしの躯はフワフワ浮きあがっていったわ」

言葉の終わらないうちに、野呂さんの唇が闇雲に重なってきたのだった。彼女の体液が残っている口内に舌を差しこんできて、吸いとっていく。野呂さんの唾が混じって、ほんのわずか甘くなる。

「翔平さん、わたしの膣《なか》に入ってきて。オチンチンをこんなに欲しくなったのも、初めてよ。変なお水をいっぱい吹き出したからなのね。ううん、そうじゃないわ。もっと出そうなの。あなたのオチンチンで栓をしてほしくなったみたい」

翔平とて思いは同じだった。

チンポの膨張は限界線を超えて、重なってきた野呂さんの股間をグイグイ押しまくっている。少し痛くなるほど。

ええっ、翔平は驚いた。

いきなり野呂さんは、ゆらりと上体を起こしたのだ。太腿を左右に開ききり、そしてびしょ濡れの肌襦袢を、それは荒っぽい手つきで脱ぎ捨てた。乳房が飛び出てきた。翔平の目には、確かにそう映った。乳房は腫れているような。薄茶に色づいた乳輪は張りつめ、乳首の尖りが青空に向かって、ピクンと突起している。

「翔平さん、入れてもいいでしょう。わたし、自分の目で見たいの。わたしのオマンコにあなたのオチンチンがどんな形になって、入ってくるのか。あなたの躯が、わたしのものになる瞬間でしょう」

野呂さんの体勢はまさに和式トイレに座る形になった。

彼女の指が、そそり勃つチンポの先端を握ってきたのだった。そして筒先を立ち上げる。歯を食いしばった野呂さんはチンポの先っぽを狙って、オマンコを寄せてきた。

（これは積極的だ！）

燦々と降りそそぐ太陽光線が、チンポとオマンコを照らし出した。

挿入されていく情景を、自分の目で確かめたいと野呂さんは言っていた。接点を確認しようと、野呂さんは精いっぱい股間を迫り出した。

（なんとまあ生々しい！）

赤とピンクに染まる肉襞が、チンポの侵入を待ちわびるかのように、激しくもがき、襞がもつれ合った。それでも野呂さんは気丈にもチンポの先っぽを、菱形に裂けたオマンコに導いた。

　ヌルッと接触した。

「あーっ、当たってきたわ。ねっ、あなたも見て。ものすごくリアルでしょう。青空の下って、素敵！　だって、あなたのこんなに立派なオチンチンが、ねっ、わたしのお肉を掻き分けて入ろうとしているのよ。はっきり見えるの。入れるわ、あーっ、奥のほうまで、入ってきて」

　野呂さんの感極まったような喘ぎ声が、高くなったり低くなったりして、青空を目がけて舞いあがっていく。が、和式トイレに座る体勢は長くつづかなかった。怒張しきったチンポが生温かく潤む襞肉を掻き分け、ほぼ根元まで埋まったとき、野呂さんの全裸がドドッと覆いかぶさってきたのだった。

　胸板に柔らかい乳房がつぶれた。

　どちらからともなく唇を求めた。

　舌が絡みあう。翔平は股間を突き上げた。応えて野呂さんの腰が激しく上下した。凹と凸がこすれあう湿った摩擦音が、二人の股間から吹きあがってくる。挿入して三十秒もしないうちに、翔平の股間に噴射を知らせる脈動が奔った。

「野呂さん、ぼく、もう、だめです。ずっと我慢していたんです。でも、もう限界です」

翔平は必死に訴えた。しかし野呂さんの声は返ってこない。そのときになって翔平は気づいた。野呂さんの全身から、すっかり力が抜けていることを。だが、チンポをくわえ込んだオマンコの内側は、ネバネバ、ヌルヌルとひっきりなしにうごめいている。

快感が劈けた。チンポの先っぽが、粘つく肉襞を押しあげ、小突きまわす。二人がひとつになっている実感が、翔平を歓喜の渦に巻きこんだ。

「いきます！」

翔平は一人で叫んだ。次の瞬間、チンポの根元を弾きとばした男のエキスが、ひくつきのおさまらない野呂さんの膣奥深くを目がけ、ビュビュッと飛び散っていった。

が、すっかり弛緩してしまった野呂さんの躯は、なんの反応も示さないのだった。

第四章　三人混浴

水曜日の午後三時……。六時間目の授業が終わって翔平は一人で教室を出て、グラウンドの様子をうかがった。女子のサッカー部がボールを追いかけ、歓声をあげながら駈けまわっている。

（みんな元気だな……）

年寄りみたいな独り言をもらして翔平は、大きな楓の木の下に設えられた木製の椅子に腰を下ろした。女子サッカー部の部員に比べると、明らかに元気がない。この数日、翔平にしては珍しく、深い悩みにとらわれているのだった。

（もう一度、『うたき』に行ってみようか）

と、結論が出てこない。

先週、『うたき』のほぼ真ん中に建立されていた琉王神社で、巫女さんを勤めていた野呂詩子さんと意気投合して、滝行に挑戦した。滝に打たれていた時間は十分か十五分だった。彼女は過去を告白した。事の成りゆきは二人の関係を密にした。

滝壺の真横にあった平らな石の上で、二人は結ばれた。

事が終わったとき、野呂さんは気を失った。二分か三分して、ぼんやりと目を覚ました野呂さんは、あわてふためいて、肌着もつけないで白の小袖と緋袴をはおり、深くおじぎをした。

「ごめんなさい。わたし、ひどいことをしてしまったみたい。でも、ありがとう。明日からまた巫女さんのお仕事に励みます。ですから、もう神社には来ないでください」

翔平の耳には別れの言葉に聞こえた。

神社の中でコーヒーをご馳走になっていたとき、翔平は約束したつもりだった。こんな寂しい離れ島で、一人で暮らしていたら気が滅入るでしょう。ぼくは隣の島の『うえず島』の住人ですから、ときどき遊びにきます、と。

愛らしい巫女さんのガード役を買って出たつもりだったが、見事にふられてしまったのだ。

が、きっと野呂さんは遠慮しているに違いない。それとも太陽が燦々と降りそそぐ野外で、失神してしまうほど激しい女の悦びに浸ってしまった羞恥心が、つい、別れの言葉を口にしてしまったのだと翔平は、彼女をかばった。

（野呂さんは待っているんだ……）

行ってあげたら悦ぶはずだと、自問自答するのだが、はっきりとした答えが出てこない。

そのたびに、どうしよう？　と深く悩んで、どんどん気が滅入っていくのだった。

そしてやっと、次の土曜日、おじいの舟でこっそり様子を見に行こう……、と無理やり結論を出しているのだが、今からでも舟を出せば、三十分もかからないで『うたき』に着くのにと考えると、深い溜め息が、フーッともれてくるのだ。

（なんだよ、うるさいな……）

翔平はまた一人で文句を言った。カバンの中に入れてある携帯電話が、着メロを鳴らしたからだ。今ごろの時間、電話をかけてくるのは那覇市内の高校で教師をしている両親しかいない。

カバンからいやいや携帯電話を取り出し、面倒くさそうに睨みながら受話ボタンを押した。が、いきなり甲高い女の人の声が聞こえたのだ。

「もしもし、翔平さんでしょう」

「そうですが、あなたはどなた？」

若い女性から電話がかかってくることなど、滅多にない。

「わたし……、宮本玲奈です。いやだ！　わたしのこと、忘れてなんかいないでしょうね」

こんな晴れやかな声を出す女性だったかなと、おじいの舟に乗って沖合いまで出たときのことを思い浮かべた。いや、もっと大人しい女性だと思っていたのに。声の質から判断すると、引きこもり症から完全に回復したようだ。

「忘れてなんかいませんよ。それで大学にはちゃんと行っているんでしょうね」

二歳年上のお姉さんであるが、翔平は兄貴ぶった問いかけをした。

「ねっ、ねっ、そんなことより、わたし、今、石垣島にいるの。石垣空港の近くにある石垣ロイヤル・ホテル。翔平さんは知っているでしょう」

椅子に座っていた尻が、十センチ近くも跳ねあがったような驚きにぶち当たった。なぜ黙って沖縄に来たのか、見当もつかない。飛行機の便を教えてくれたら、空港まで迎えに行く約束になっていたのに。

「ロイヤル・ホテルはもちろん知っているけれど、一人で……？」

「ううん、二人よ」

こらっ！　怒鳴りたくなった。

先週の日曜日、母娘と別れる際、二人はこっそり耳打ちしてきた。今度来るときは、一人ですから会ってくださいね、と。それなのに約束を破って二人でやってくるなんて、罰金ものである。

しかも今日はウィークデーど真ん中である。『うえず島』に帰る予定はない。

「翔平さん、お願い、ホテルに来てください。部屋番号は５０３です。来てくれるでしょう。待っています」

自分勝手にしゃべりまくって、電話は一方的に切られた。

美人母娘……、それも血が一滴もつながっていない義理の母娘であるから、一人ずつだったら、また島巡りの相手をしてもいいかなと考えていたが、ホテルで一緒に待っていると聞かされると、気分が急に重くなった。

今、翔平の胸のうちを占領しているのは『うたき』の巫女さんで、宮本さん母娘と会う気分にはならないのだった。

それでも翔平は重い腰を上げた。玲奈さんは連絡してきたのだ。会ってくださ い、と。ほったらかしにしておくわけにもいかない……。

学生寮に帰って、翔平は私服に着替えた。学生服は窮屈だった。

しょうがない……。半分以上はあきらめの気分に切りかえて翔平は、母娘が泊まっている石垣ロイヤル・ホテルに向かった。五階建てのホテルは白い外壁に囲まれているが、夕涼み用なのか、それとも展望用なのか、各部屋のテラスはほかのホテルより大きく設計されている。

外観は何度も見たことがあったが、中に入るのは初めてだった。ピカピカに光っているロビーのタイルは、足元がすべってしまいそうなほど磨きぬかれていた。

（ぼくなんかが泊まるホテルじゃないな）

足元に注意しながら翔平は、苦笑いをもらしながらエレベーターに乗った。⑤のボタンを押す。エレベーターは音もなく上昇した。が、エレベーターを下りたときさらに気分が重くなった。

（こんな昼間っから、宮本さん母娘に会ってなにをすればいいんだよ）

腹が減っているからなにかご馳走してくださいなんて、図々しいことは言えない。やっと503号室の前に着いたとき、翔平は踵《きびす》を返したくなった。やめたほうが利口だぞ！　と。あの人たちに、借りがあるわけでもないんだから。

それじゃ、約束どおり来ましたという証明をしてから帰ればいいんだと、翔平は自分に言いきかせ、チャイムを押した。一秒の間をおくこともなく、ドアの向こうから足音が聞こえた。

ドアを壊してしまうほどの勢いで飛び出してきたのは、玲奈さんだった。

「お待ちしていました！」

ひと声かけた玲奈さんの両手が、狂おしいほどの強さで首筋に巻きついてきた。つま先立って顔を寄せてくる。元気そうだ。翔平は安心した。瞳は澄んでいるし、顔の色艶も非常にいい。声もはきはきしているのだ。

「お母さんは……？」

部屋の奥の様子をうかがいながら翔平は、こっそり聞いた。

由里江さんの目の届くところで、玲奈さんを抱きしめるわけにはいかない。血は一滴もつながっていなくても、戸籍上は母娘なのだろうし、由里江さんは玲奈さんのことを、ほんとうの娘のようにかわいがっていたのだ。

「えっ、ママって、なあに？」

キョトンとした目つきになって、玲奈さんは聞きなおしてきた。自分よりふたつ年上であるが、そんな少女じみた表情がとてもかわいい。

「だって、二人で石垣島に来たんでしょう」

ふいに玲奈さんは、翔平に胸におでこを預け、グスグスッと笑った。

「ママじゃないわよ、わたしの親友……。名前は、あやめ。竹下《たけした》あやめですよ」

「お母さんじゃなくて、友だちと……？」

いささか拍子抜けした。

母娘二人だったら、どんなふうな態度で応対したらいいのか、ものすごく悩んでいたのだから。

「あのね、あやめも失恋したんです」

部屋の奥に注意の目を配りながら玲奈は、翔平の耳たぶに唇を寄せ、ひそめた声で言った。

「それじゃ、玲奈さんと同じなのか」

「ううん、わたしとは事情が少し違うの。でもね、翔平さんのことや、『うえず島』でわたしが経験したことをあやめに詳しく話したら、どうしても翔平さんに会いたいって、それで二人で押しかけてきたんです」

その打ちあけ話は、ちょっと具合が悪い。

たとえ親友であっても、バカなことを報告しないでくださいよ。翔平の瞼の奥に、それは大胆にも海中フェラに挑んできた玲奈さんの姿が、ポッカリよみがえってきたのだった。

「ぼくに会いたいって、なんでかな」

空っとぼけて翔平は問いなおした。あの日のことを思いかえすだけで、頰っぺたがカーッと熱くなってきて、だ。

「ねっ、それじゃ、あやめに会ってあげて。彼女の話を真面目に聞いてあげて。待っているんです」

玲奈さんは翔平の手をひきつかむなり、大声をあげた。あやめ！　翔平さんが来てくれたわ。嬉しいでしょう、と。

部屋はツインルームだった。

真っ白なシーツをかぶせたベッドがふたつ並んでいて、カーテンを引いたサッシの前に置かれたソファに、一人の女の人が座っていた。翔平が室内に入るなり、彼女はビクッとして立ちあがった。

ショートパンツにノースリーブの薄いシャツを着ていた玲奈さんと違って、その女性は格子縞を描いたシックなワンピースを着ていた。見るからに華奢《きゃしゃ》な体型である。

それでも翔平は、ぴょこんと頭を下げ、

「遠いところをわざわざいらっしゃって、ご苦労さまでした」

と、沖縄県人としての礼を言った。

彼女の目元に遠慮気味の笑みが浮かんだ。

「いえ、わたしのほうこそ、お断りもしないで来てしまいまして、ご迷惑をおかけします」

と、それは消え入るような細い声で挨拶を返してきたのだ。

真ん中に立っていた玲奈さんが、クスッと笑った。

「他人行儀な挨拶はそのくらいにして、ねっ、冷たいものでも飲みましょうよ。あやめはビールがいいんでしょう。翔平さんはジュースにしなさい」

てきぱき差配する。歳は同じくらいなのだろうが、リード役は完全に玲奈さんだ。その姿を横目で追って、翔平は心底安心した。だいいちスマホはテーブルの上に放り出されているし、引きこもり症の陰気さはどこにも感じられないからだ。

(玲奈さんはほんとうに元気になったんだ)

と。同時にぼくの役目は終わったと、ホッとする。

部屋の片隅に置かれた冷蔵庫から、缶ビール二本とジュースの缶を持ってくる玲奈さんの姿を見なおした。白いショートパンツから伸びるツヤツヤと光る太腿は健康そのもので、彼女からの電話をもらったときの憂鬱さは、すっかり影をひそめ、翔平は浮き浮き気分に乗っている。

向かい合って四人が座れるソファに、翔平は腰を下ろした。

缶ビール二本とジュースを持った玲奈さんは、あやめさんの真横に、太腿がくっつくほど近づいて、座った。ほんとうに仲がいいんだ……。ちょっとうらやましい。ぼくの太腿にもくっついてほしい……、と。

並んで座った二人の女性の姿を、ジュースを飲むふりをしながら翔平は、こそっと見比べた。体格は玲奈さんのほうが少し大きいが、顔立ちはよく似ている。細面で目は切れ長だ。唇の形も似ている。

違っているところは、玲奈さんの髪はとても長くて背中まで流れているが、あやめさんの髪はショートカットで、首筋のまわりで柔らかくカールしていることだった。

（この人が失恋したのか）

にわかに信じられない。ぼくの好きなタイプなのに……。贅沢なことを言う相手の男を、厳しく叱ってやりたい気持ちにもなった。

ビールとジュースを飲む三人の間に、率先して言葉を出しにくいような重たい沈黙が流れた。ぼくを呼んだのはあなたたちなんだから、なにか話してください。翔平はブツブツ言いたくなったが、二人の女性はときどき視線を合わせ、そしてうつむいてしまって、声は出てこない。

いつまでも黙っているんだったら、ぼく、帰りますよと言いたくなった。

「ママから連絡きましたか」

急に玲奈さんが、ボソッと口を開いた。

「いいえ、一度もありません」

正直に答えたが、今、問題になっていることは宮本由里江さんじゃなくて、竹下あやめさんでしょうと、翔平は腹の中でぶつくさ言った。

「翔平さんは、怒っているみたい」

上目遣いで睨んできた玲奈さんは、恨めしそうな声で言った。

「怒っているんじゃなくて、あやめさんはぼくに会いたいと言って、東京から遥かに離れている、こんなに遠い石垣島に来たんでしょう。それなのに、ビールを飲んでいるだけで、肝心の話が全然出てこないから、少しイライラしているんです。ぼくはまだ高校三年で、学校の寮に帰って復習とか予習をしないといけないんです」

「ごめんなさい。わたしはお勉強の邪魔をしたんですね。ねっ、玲奈、ちゃんとお話してください、わたしのこと……」

缶ビールをテーブルに戻したあやめさんが、玲奈さんに助けを求めた。ほんとうのことを言っても、いいのね……。なにやら怪しげな言葉を返した玲奈さんは、残っていたビールを、一気に飲み干し、澄んだ眼差しを向け、そして額に垂れていた前髪をすき上げた。

(大げさだな)

失恋をしたことなど、大した問題じゃないでしょう。あやめさんほど美しい女性だったら、すぐに新しい恋人が見つかりますよと、翔平は強く励ましてやりたくなった。

「玲奈さんを真似て、あやめさんも失恋したんですか」

できるだけ陽気な声で、翔平は口火を切った。自分から話の出口を提示してあげるのが、男の優しさだろう、と。

「あのね、失恋は失恋でも、あの、相手がちょっと……」

口ごもりながら話を切り出した玲奈さんの声を耳にして、翔平はドキンとした衝撃を受けた。ひょっとすると！　失恋した男は玲奈さんの恋人だったのではないか。したがって二人は恋のライバルで、一人の男を奪い合う三角関係にあった。が、結果、二人の女性は一人の男に、見事ふられてしまった。

同病相憐れむ……？　それにしちゃ、仲がよすぎる。

「あやめが失恋した相手は、女の人だったの」

ええっ、女！　とんでもない言葉が玲奈さんの口から出てきて翔平は、ギョッとしてあやめさんの顔を見つめた。彼女の顔はますますうつむいていく。

「もう一度正しく聞きなおしますが、あやめさんは女性の恋人に失恋した……、ということですか」

「そう、そうなの」

玲奈さんはきっぱり言いきった。

テーブルに載せてあったジュースの缶を取って、ゴクンと飲んで、翔平は気分を鎮めた。あっという間に、口がカラカラに渇いていた。冷静に判断すると、目の前に座る女性は、レズビアンだったのか、と。レズ関係にあるカップルの話は友だちから何度か聞いたことがあったけれど、彼女たちの深層心理を理解せよと、言われても、ぼくの脳味噌ではむずかしすぎる。

地球上には男と女が生息しているのだから、愛しあうのだったら、異性同士が適切であると翔平は信じていた。が、国外では同性婚を認める国もあるようだから、ぼくの認識不足だったのかもしれないと、翔平は他人の愛情問題に口を挟むことはいっさいやめろと、自分を強く戒めていた。

だが、驚くのは、目の前に座る愛らしい女性が、同性愛に耽《ふけ》っていたことだ。とてもむずかしそうな恋愛に挑戦することはないだろう、に。

「あやめさんは、玲奈さんと同じくらいの年齢なんでしょう」

念のためと翔平は問うた。

「わたしのほうが、二カ月年上のお姉さんよ」

玲奈さんは茶目っ気たっぷりに答えたが、三人の間に漂う重っ苦しい空気は解消されない。あやめさんの顔が、ますます垂れていくからだ。

「玲奈さんは、親友が同性愛に進んでいたことを知っていたんですね」

翔平は一気に問いつめた。

「知っていましたよ。だってあやめは、かわいそうな女の子だったんですもの」

「かわいそう……？　なにが？」

「高校三年のとき……、そう、翔平さんと同じ歳のとき、先輩から虐められたの。レイプみたいなことをされて」

「レイプ……、ね」

　翔平の声が急に沈んだ。そしてすぐに察した。結果、男嫌い、男性恐怖症に陥り、愛情の対象を女性に変えた。そんなことではないか、と。

「一年ほど、あやめと彼女との関係はうまくいっていたんです。わたしに逐一、報告してくれていたから、安心していたの。それが……」

「それが、どうしましたか」

「変なのよね。相手の女性は二十八歳で、銀行員だったのよ。でも、急にボーイフレンドができて、さようなら、ですって。ひどいでしょう。あやめは泣きながらわたしに言いました。あの人が浮気するなんて、信じられない、って。ねっ、そうでしょう、あやめ」

　慰めの言葉を口にした玲奈さんは、あやめさんの顔を覗きこんだ。深くうつむいたままあやめさんは、コクンとうなずいたが鼻をすすった。失恋の痛みからまだ抜けきっていないらしい。

　わかるような、わからないような。

　もしかすると、新たにレズ関係の相手を探すのは、男の恋人を見つけるよりむずかしいのかもしれないと想像したりして。

「それで、わたしがあやめの恋人代わりになってあげようと思ったの。わたしにできることだったら、なんでもやってあげようと考えるのが、親友の責任でしょう。だってあやめは、ものすごく落ちこんでいたんだもの」

「えっ！　恋人の代理！」

翔平は目を剝いた。

時に食事に行ったり、ショッピングを愉しむだけが、レズの情愛ではないだろう。ぼくはよくわからないけれど、当然のこととして、肉体的接触が同時進行するはずだ。あっ、そうか……、だから今でも玲奈さんは、剝き出しの太腿をあやめさんにこすりつけて、慰めているのかもしれないと、翔平なりに理解した。

そして改めて、二人の女性に注意の目を配った。

肉体的接触に進展するとき、二人は洋服を脱ぎ、裸になって愛しあうのだろう。そのとき二人の肉体がどんなふうにもつれ合うのか、翔平は懸命に想像したが、うまく描かれてこない。だいいち、玲奈さんがフェラをしてあげたくなっても、肝心の対象物があやめさんの肉体にはないのだから、やりようがないだろう……。おかしくなって笑いたくなった。

恋人の代理も簡単ではなさそうだ。

「わたしも、かわいそうなあやめのためだったらと、がんばってみたのよ。でも、全然、だめ。この人は途中で笑ってしまったり、怒ったりして、真剣になってくれないんだもの」

そうでしたか……。翔平は慰めの言葉も思いつかない。

「それでね、わたし翔平さんとのことを話したんです。『うえず島』の一部始終を。だってあやめは、わたしが引きこもりになっていることも知っていて、急に元気になったから、驚いていたわ」

「びっくりしたんです。人が変わったみたいに朗らかになって、食欲も出て、わたしに会うと、今度また『うえず島』に行くのよ、って、ものすごく嬉しそうでした。『うえず島』なんて聞いたこともなかったから、いろいろ尋ねたら、玲奈は翔平さんのことを自慢そうに話したんですよ。聞いているほうが恥ずかしくなるほどのお惚気《のろけ》ばっかりで」

それまで黙りこくっていたあやめさんが、瞳を大きく開いて、急にペラペラしゃべりまくった。

そうだったんですか……。小声で相槌を打ったが、翔平は急に落ちつきを失った。太陽の光が茜色に染めていった大海原の情景は、実際を目にしてみないと、その荘厳さは描かれてこないだろう。

ましてやその海中で、全裸になった玲奈さんは、ぼくの股間にしがみついてきたのだった。玲奈さんがどこまで真実を語ったのか、翔平は知る由もない。が、どれほど努力しても、玲奈さんがレズの親友を満足させるほどの技術を持っているとは、考えにくかった。

「それで『うえず島』のことを、あやめさんにしゃべりまくった……、とか」

「だって、女性が女性を愛することは、とっても大変なのよ。自分でやってみて、よーくわかったの。それで、『うえず島』のことをあやめに話したら、どうしても翔平さんに会いたいと言い出して、我慢できなくなって、今日、飛んできたということです」

「玲奈がこんなに夢中になる男性に会ってみたくなるのは、当たり前のことでしょう。わたしと玲奈は中学時代からの友だちで、玲奈の性格とか、それから、玲奈が好きになる男性のタイプは、ほとんど知っていましたから」

百聞は一見にしかずで、これから急遽、『うえず島』に連れていって、『御獄』の近くまでおじいの舟を出してあげることも可能だけれど、空はにわかに曇り出し、茜色に染まる太陽を拝むことは無理な空模様になっていた。

玲奈さんが大好きになったのは、決して謙遜ではなく、ぼくじゃなくて、『うえず島』の厳粛な海景色だったんですと、翔平は注釈してあげたくなった。でなかったら、あれほどひどい引きこもり症が一夜で改善するわけがない。

しかし空模様は、あいにくの曇天《どんてん》に変化していた。

南の島の周辺は雨空が広がり始めると、二日でも三日でもぐずついた天気になる。明日まで待てませんかと聞いても、しっかり約束できない辛さがあった。

「わたしさっきから、ものすごく驚いているんです」

翔平の全身に何度も視線を送りながら、あやめさんは玲奈さんの脇腹を小突きながら、小さな声で言った。

「なにをそんなに驚いているの？」

玲奈さんはやや不審そうな目つきになって、問いかえした。

「だって、翔平さんは高校生でしょう。お顔だってまだ幼さが残っているのに、玲奈が翔平さんのことを話しているときって、有頂天になっていたんですからね。わたしの大好きなタイプ……、って。玲奈は言っていたわ、翔平さんにだったら、なんでもしてあげることができるって、頰っぺたをポッと染めていたのよ。こうして翔平さんに直接お会いしても、こんなに玲奈の気持ちを昂奮させている理由が、よくわからない」

　あやめさんの物言いは、玲奈さんだけではなく自分にも向けられていると、翔平はなにやら気恥ずかしくなった。親友に対する嫉妬心も、いくらか混じっているようだし、ぼくのことを完全に子供扱いしていると、腹が立ったりして。

「そう、そのとおりよ。ウソじゃないの。翔平さんは、わたしの大好きな男性。憧れの男性ですからね」

　友人の抗議らしい言葉にも、まったくひるまないで玲奈さんは、自信満々で言いきった。

「高校の三年生なのよ」

　あやめさんが付け足した。夢から覚めなさい、とでも言いたげに。

「年齢なんか関係ないわ。あやめは翔平さんの、ほんとうの姿をまだ見ていないから、翔平さんの実力をあなどっているんです。それに、あやめの男性恐怖症はまだ治っていないでしょう」

　二人の会話はどんどんエスカレートしていき、とくに玲奈さんの言葉が熱をおびていく。

（そのへんにしてください）

話の中心にいる翔平は、手で制したくなった。

だいいち、ぼくの実力って、なんだ？　と。自分はごく普通の高校生でしかないと、盛んに煽ってくる玲奈さんを睨みつけた。

「ねえ、玲奈。翔平さんのほんとうの姿って、どうしたら見られるの？」

あやめさんはついに核心を突いた。

ぼくだってわからないと、翔平は強くうなずいた。

玲奈さんは腕を組んだ。そして改めて翔平の全身に、興味津々の視線を投げた。強い眼差しで、舐めまわされている感じもする。が、翔平と目を合わせると、急に甘えた微笑みを浮かせ、舌なめずりをする。なんだかすごく猥らしい目つきだと、翔平は視線をそらした。

「翔平さん、お願い、Tシャツを脱いでください」

ふいに玲奈さんは、哀願調の声になった。あーあっ、やっぱりだ……。翔平は頭をかかえたくなった。玲奈さんが言うほんとうの姿とは、ぼくの裸だろうと、翔平は自分なりに見当をつけていたのだ。

おじいの漁を手伝っていた結果、胸板は赤銅色に焦げ、筋肉は隆々として、見るからに逞しく成長していた。おじいの舟でシャツを脱いだとき、玲奈さんはうっとりした声で言った。素敵、あなたは理想的なタイプよ、と。

そんな個人的趣味は自分の胸のうちにこっそりしまっておくもので、他人にひけらかすものではありません！　翔平は腹の中で、玲奈さんの言葉に釘を刺したくなった。

「たった今、初めて会ったあやめさんの前で、シャツを脱ぐんですか。ここはホテルの一室で、海水浴に来ているんじゃないんです」

翔平はモジモジしながら、懸命に抗議した。洋服を着ている二人の女性の目の前で、むざむざ裸にはなりたくない。恥をさらすだけじゃないか。

「言葉では説明できないところもあるでしょう。翔平さんの素肌を見たら、あやめはどんな気持ちになるのか、テストしてみたくなったの」

「ぼくはテスト台ですか」

「ねっ、お願い。どうしてわたしが翔平さんに、これほど夢中になってしまったのか、あやめに教えてあげたいんです」

懇願された。唇の端から唾を飛ばす勢いで。玲奈さんの熱のこもった話しぶりに釣られたのか、あやめさんのお臀がソファをすべって、前にずり出た。その拍子にワンピースの裾がめくれ、素足の膝小僧が顔を出した。すべすべしていて、撫でてあげたくなる膝の丸みだ。

が、あやめさんの視線は、ぼくの裸の胸を見たいと無言で訴えている。翔平の目には、そう映った。

仕方がない。シャツを脱いでくださいと言われているだけで、パンツまで下げてくださいとは、頼まれていない。上半身だけだったら、それほど恥ずかしいことではないと、翔平は一気にシャツを頭から抜き取った。

女性からのお願いなのだ。モタモタしていては男が廃《すた》る。

お臀を前にすべらせていたあやめさんの口が、ぽっかり開いた。白い小粒の歯並びがキラリと光った。

「立派……」

あやめさんは唇に指先をあてがい、実感のこもった短いひと言をもらした。

「でしょう。お肌がとってもきれいに焼けて、わたしの理想像なの。この前は小さなお舟に乗って海に出たわ。太陽が茜色に染まって水平線に沈んでいくとき、わたし、夢を見ているような感覚に浸ったの」

「素敵だったのね」

「でもね、翔平さんの胸とか太腿が、青白かったり、細かったりしたら、自分もヌードになって海に飛びこむことはなかったはずよ。翔平さんの躯がこんなに素晴らしかったから、自分を忘れて、翔平さんに夢中になれたのよ」

「わたし、玲奈の気持ち、少しわかるような気がしてきたわ」

「びっくりするほど大きくて、まん丸なお日さまが水平線の向こうに沈んでいくとき、海は茜色に染まるのよ。神々しいほどの赤い陽射しが、翔平さんの胸に反射するの。ねっ、あやめも想像してちょうだい。翔平さんはそのとき、いつの間にかパンツも脱いで、ほんとうの裸になっていたわ。わたしの躯は自然と、翔平さんの素肌に吸いよせられていって、唇を寄せていたの。ねっ、こんなに逞しいこの男性の胸元に……」

そのときのことを詳細に説明する玲奈さんの目元が、うっとりとしていき、声が途切れがちになっていく。彼女の頭には、そのときの情景がまだはっきり残っているのだろう。

「それじゃそのとき翔平さんは、あの、パンツも脱いでいたのね」

問いかえしたあやめさんの視線は、ジーパンを穿いた翔平の股間に注がれた。

そんな具体的なことを話さないほうがいいですよ。あやめさんはレイプまがいの虐めにあった女性だった。もしかすると男のチンポは、あやめさんにとって、憎愛の分岐点になった器官だったのかもしれない。過去に忌まわしい経験をした女性に対し、炯々《けいけい》に口にすべき言葉ではありません……。翔平は話題を変えたくなった。

ああっ！　声をあげて翔平は、本気で逃げたくなった。

いきなりソファからすべり下りた玲奈さんは、膝をつかって翔平の足元ににじり寄り、断りもなしにジーパンを穿いた太腿の根元を、しっかり抱きくるんできたのだった。

薄いシャツを着ただけの胸が、太腿の真横にぴったりと重なってきた。まだ忘れもしない乳房の膨らみが、太腿の筋肉を柔らかく刺激してくる。

玲奈さん、やめてください。あやめさんが見ているでしょう……。翔平は必死に避けようとするが、あやめさんの目などまったく気にする様子もなく、玲奈さんは頬までこすりつけてくるのだ。

「ねえ、あやめ……。男性のオチンチンて、なんだか不潔なイメージもあるでしょう。わたしの昔の彼氏は、どす黒かった。形もなんとなくグロテスクだったのよ」

翔平の太腿を抱きしめながら、玲奈さんはとんでもないことを口走った。男を誹謗中傷しないでくださいと、翔平は反論したくなった。欠席裁判は人道に反する、と。昔の彼氏がちょっぴり気の毒になったりして。

じっと聞き耳を立てていたあやめさんが、納得顔になって、大きくうなずいたのだ。二人の女性の瞳が、我が意を得たりと、時をほぼ同じくして激しくまばたいた。

「そうなの。わたしを虐めてきた男も、そのときパンツを脱いで、見せびらかしてきたのよ。わたし、オチンチンを見たの、そのときが初めてだったから、髪の毛が全部逆立って、あまりの怖さに冷や汗が出て、腰が抜けてしまったの」

「臭かったんでしょう」

「においを感じている余裕なんかなかったわ。あの人の、あの……、性器は、スリコギみたいな形で、びっくりするほど長くて、目の前でブラブラさせるから、涙が止まらなくなったの。そのとき、男性の裸は二度と見たくないと思ったわ。だって、不潔そうで、汚らしかったのよ。でも、玲奈の話を何度も聞いて、男性のイメージが少しずつ変わってきたみたい」

「ねっ、翔平さん、これから『うえず島』の海に連れていってちょうだい、わたしたち二人を。あやめもあの海で翔平さんのほんとうの姿を見たら、きっと男性嫌いから抜け出せるはずよ」

協力してあげたい気持ちは山々だが、サッシの外に広がる空に目を向けて、翔平は力なく顔を左右に振った。これでも腕利きの漁師の孫である。これからの天候がどのように変化するのか、すぐにわかった。

「無理ですね。風が強くなって、雨が降りはじめます。小さな舟で沖に出たら、危険です」

「えっ、だめなの？」

二人の女性がほぼ同時に、しょげた声を発した。

「海は荒れ模様です」

海に出ることはできないから、近くのレストランでうまいものをご馳走してくださいと、おねだりしたくなった。授業が終わったあと、スナックはまだなにも食べていなかったから、腹が減っていた。

「そうだわ、いい考えがありました」

ずっと翔平の太腿にしがみついていた玲奈さんが、ポンと自分の膝を叩いて大きな声を出した。

「ねっ、いい考えって、どんな？」

あやめさんがまた、膝を乗り出した。

「お風呂があるでしょう。お風呂に入ってもらうの、翔平さんに」

ちょ、ちょっと、待ってください！　翔平は本格的に逃げ出したくなった。玲奈さんの狙いははっきり読める。どうしてもぼくを素っ裸にさせて、あやめさんに見せびらかして、自慢したいのだ。が、海と風呂を同じ扱いにされたら困る。そもそも塩水と真水の違いがある。

「ちょっとうかがいますが、ぼく一人を裸にして、風呂に入れたいんですか」

翔平の声音は明らかに、ワンオクターブ跳ねあがった。

「お風呂に入るときは、誰でも裸になるでしょう。パンツを穿いてお風呂に入る人は、滅多にいません」

玲奈さんは平然と答えた。玲奈さんの意志は強固なのだ。だが自分にだって、プライドがある。二人の女性が洋服を着たままニヤニヤしているとき、一人だけ素っ裸になって風呂に入るなんて、それでは見世物じゃないかと、翔平は反発した。

挽回してやる！　翔平は下腹に力をこめた。負けてはいられない。

「わかりました。裸になって風呂に入りましょう。その代わり、玲奈さんもあやめさんも一緒に入ってください。風呂に入るときは、誰でも裸になるって、玲奈さんは言ったばかりです」

翔平は昂然と言い放った。

太腿にしがみついていた玲奈さんは、まるで動じることなく、ニコッと微笑みながら見あげてきた。が、対面のソファに座っていたあやめさんは、急にソワソワし始め、ワンピースの裾をつまんで引っぱった。膝小僧がすっかり露出するほど、めくれ上がっていたのである。

すべては想定内だった。

玲奈さんは応じてくるだろうが、男性恐怖症に陥っているあやめさんは、おそらく拒んでくれるだろう、と。どちらかが拒否してきたら、三人混浴の企画はご破算にする。翔平は心に決めていた。

「あやめさんは、ぼくと混浴するなんて、いやでしょう」

翔平は確認を取りにいった。

「それは、あの、やっぱり……、むずかしいと思います」

あやめさんの言葉が切れ切れになった。

「なんで……？」

玲奈さんがさも不満そうに口を挟んできた。

「だって、裸になるんでしょう。男性の前で裸になる勇気なんか、ないわ」

「わたしがいるのよ。わたしとは二人でお風呂にも入ったでしょう。そのつづきだと考えたら、そんなにむずかしいことじゃないわ。翔平さんのことなんか、無視しなさい」

「ああん、そんなことを言いながら玲奈は、わたしのことを放り出して、翔平さんと仲よくするんでしょう。そんなのずるい」

「だったら、仲間に入ってくればいいでしょう」

「でも、翔平さんはパンツも脱いでいるのよ。ねっ、聞かせて。翔平さんのオチンチンはどんな形をしているのか。スリコギみたいに、黒くて長いオチンチンを無理やり押しつけられたら、翔平さんのオチンチンでも……、あーっ、わたし、男性恐怖症がぶり返してしまいます」

　ああ言えば、こう言う。こう言えば、ああ言うで、なかなか結論は出てこない。翔平は歯痒くなった。この場所が、茜色に輝く大海原のど真ん中だったら、四の五の押し問答をすることなど面倒になって、三人はよーい、ドンで裸になっているだろう。

それほど、お日さまの威力は偉大なのだ。

「ぼくはお二人の話に、いつまでも付き合っているほど辛抱強い男じゃありませんから、ぼく一人でさっさと風呂に入ります。一緒に入りたくなったら、来てください。ただし、一人じゃだめです。お二人一緒が条件です」

言いたいことを言って翔平は、さっさと立ちあがった。太腿に巻きついている玲奈さんの手を邪険に振りほどき、上半身はすでに裸になっていた。バスルームには脱衣場もあるのだろうが、翔平はわざと二人の真ん前で、ジーパンのベルトをはずし始めた。

「あっ、そんなところで脱いでは、いけません」

悲鳴に近い声を発したあやめさんは、ソファからすべり下り、背中を丸め、横座りになって顔を伏せた。

(見たくなかったら、見なくてもいいんです)

あやめさんの視線がなくなって気楽になり、翔平はブリーフもろともジーパンを脱ぎとった。

「いやだ！　小さいわ」

真横から声をかけてきたのは、翔平の裸を見慣れている玲奈さんだった。

「色も悪いでしょう。さんざん虐められましたから、こんなにいじけているんです」

「それじゃ、わたしが大きくしてあげましょうか」

あやめさんの耳に届くように、玲奈さんはかなり猥らしいことを、はっきりとした口調で言った。

「いいえ、大きくしてもらうんだったら、お二人でしていただきたいですね。お二人は洋服を全部脱いで、です」

強く言って翔平は剝き出しになった尻を見せつけるようにして、わざとゆっくりとした足取りでバスルームに歩いた。

（こんな強気なことがぼくにできたのは、『うたき』の野呂さんが、どこかで応援してくれていたせいかもしれない）

大きめのバスタブに全身を浸し、足を伸ばして仰向けになった翔平は、どこかで男の満足感に浸っていた。琉球王国の偉い神さまに仕える巫女さんは、見えない場所から、ぼくの安否を気遣ってくれている……。それに、野呂さんと二人で滝行をした結果が、ぼくをまた一段と成長させてくれたのかもしれないと、翔平は自分勝手な判断を下した。

そうでなかったら、年上の女の人二人を相手に、言いたいこと、やりたいことを、こんなにズバズバ決行できるはずがない。

（でも、もしも二人が全裸になってバスルームに入ってきたら、どうしよう）

急に不安になって翔平は、お湯の底でちんまり縮こまったままでいるチンポを、指先で弾いた。茜色に染まる大海原だったら、さっさと次の行動に進むことができるかもしれない。

が、バスルームは狭すぎる。

だいいち、大きめのバスタブでも、三人同時に入るには小さすぎるのだ。

そうだ！　二人が入ってくる前に、出てしまえばいいんだ。いつまでも待っていることはない。

でも……、翔平はかなり真面目に考えた。ぼくはなぜ二人から、これほど逃げ腰になっているのだろうか、と。二人は美人さんで、とてもチャーミングな女性なのに。

あっ！　そうか！　またしても翔平の瞼の奥に、麗しい巫女さんの姿が、忽然と現われた。学校の授業が終わってグラウンドに出たときから、頭の中を駆けめぐっていたのは巫女さんの姿だった。

次の休みの日、おじいの舟を出して、『うたき』に行ってみようと、決めた矢先に玲奈さんから電話が入ったのだ。今日の翔平の脳味噌を独占していたのは巫女さんで、玲奈さんやあやめさんじゃなかった。

野呂さんを裏切ってしまったような後ろめたさが、二人の女性から逃げ出したいという気持ちにつながっているのではないか……。ある意味で翔平の純粋さである。

だが、愛らしい巫女さんの想いに浸っている時間は、非常に少なかった。曇りガラスを嵌めたバスルームのドアの向こうで、ふたつの白い影がうごめいたからだ。翔平は急いで目を凝らした。

白い影から察したところ、二人は間違いなく裸になっている。

事態は急転直下したのだ。のんびり仰向けになって寝ている場合ではないと、翔平はバスタブの中で胡坐《あぐら》をかいて、まるで目覚めてこないチンポを隠した。

「翔平さん、入りますよ」

玲奈さんの声は、わざと大きくしたように聞こえた。

「どうぞ……」

答えた翔平の声はバスルームの中にこもった。

しまったな……。そのときになって翔平は大いに反省した。二人一緒に入ってきてくださいなんて、強気なことを言わなければよかった。明らかに多勢に無勢で自分には不利である。だいいち、裸になって入ってくる女性のどちらを見ればいいのだと、困り果て、頭を掻いた。

正しい答えが出てこないうちに、ドアがギシッと軋んだ。

あーあっ……。目を向けることもできないで、翔平はうつむいて、両手でお湯をすくい、ジャブジャブッと顔を洗った。耳を澄ますと二人の女性の足音が、水に濡れたタイルの床を、ヒタヒタ歩いてくる。

「いやね、翔平さん……、たら。わたしたちはお洋服を脱いできたんですから、ちゃんと見てください」

勝ち誇ったような声は、間違いなく玲奈さんだった。

「お湯に浸かっていたら急に眠くなって、それで顔を洗って、目を覚ましているんです」

翔平はくだらない言い訳をして、また両手でお湯をすくい、顔を洗った。緊張感は一気に上昇して、心臓が高鳴っていく。

頭を整理して思い出してみると、玲奈さんの裸も、はっきり浮かんでこない。おじいの舟で沖合に出て、水平線の彼方に赤い太陽が沈んでいったあと、あたりは、暗闇に没した。明かりはカンテラひとつだった。わたしのおっぱいをさわってと、玲奈さんはブラジャーを取った。小さなピラミッド型をした膨らみだったように覚えているが、はっきりとした形は浮かんでこない。

オマンコの黒い毛も、目にしたことは間違いないが、薄い毛だったな……、というくらいの記憶しかよみがえってこない。が、今は青白い蛍光灯がバスルーム全体を明るく照らし出している。

玲奈さんのヌードだって、初めて見るのと同じじゃないか。

「あやめもヌードですよ。おっぱいとかお臀は、わりとボリュームがあって、セクシーなのよ」

玲奈さんの屈託のない声が、耳のすぐそばから聞こえてきた。

困ったな……。顔を上げるタイミングが、なかなかつかめない。二人が立っているのか、それともバスタブの横にしゃがんでいるのか、よくわからない。彼女たちの姿勢によって、目を向ける箇所も違ってくる。

ああっ！　どちらかが飛沫を上げてバスタブに入ってきたからだ。予想は玲奈さん……。二人は暗い海原で、熱い抱擁を交わした関係にもあったから。

「いつまでも顔を洗っていないで、前を見てちょうだい。あやめは勇気を奮い起こしてお風呂に入ったんです。ほら、翔平さんのすぐ前よ」

嗾《けしか》ける声はバスタブの横から聞こえてきた。

ウソだろう！　あやめさんが率先して混浴に挑戦してきたとは、到底考えられなかったからだ。でも、翔平はおそるおそる顔を上げた。ああっ！　翔平はびっくりした。そしてお湯に濡れた目をこすった。

バスタブの中で横座りになっていたのは、間違いなくあやめさんだったから。湯面から浮き出た胸は両手で覆っているし、横座りになった股間はタオルをかぶせていたから、肝心の部分は全然見えないが、彼女が全裸でいることはしっかり確認した。

「わたし、男性とお風呂に入ったのは、初めてよ」

部屋にいたときの、消え入りそうな声ではなく、わりとハキハキした声であやめさんは言った。彼女の声に釣られて顔を見た。薄く笑っている。目尻や頬をピクピク震わせているが、微笑んでいるのだ。

女の人は一旦覚悟を決めると、こちらが驚くほど潔くなる性格なのか。

次の瞬間、翔平はお湯の底でちんまりと縮こまっていたチンポを、両手で隠した。男性恐怖症はある意味、チンポ恐怖症なのかもしれない、と。見せてはならない男の肉だった。

「ほら、あやめ……、翔平さんの裸を、よーく見て。胸板は厚いし、ウエストはキュッと引きしまっているでしょう。それに、日焼けした太腿がバンバンに張っているわ。でもね、いつもパンツに隠れているオチンチンのまわりだけ、白いの。白いブリーフを穿いているみたいで、すごくセクシーでしょう」

事細かに説明した玲奈さんは手のひらでお湯をすくい、分厚い翔平の胸板にかけた。いろんなことを言っても、この男性はわたしの大好きな人なのよ……、という、強い意思表示にも見えてくる。

「ねっ、少しずつ慣れてきたみたいなの、男性の素肌に」

両手で乳房を隠す恰好に変わりはないが、横座りになったあやめさんの膝は、ちょびっとずつ近づいてくる。

バスタブの外にいる玲奈さんの肌と、あやめさんの肌を、翔平はチラッチラッと見比べた。手で隠されているが、あやめさんのほうが乳房の谷間は深そうで、肉づきは柔らかそうだ。

（太腿だって、玲奈さんより丸みがなめらかみたいだし）

翔平の目つきはだんだん卑猥になってくる。

同じ体勢でいるのが苦しくなったのか、あやめさんはわずかに腰を揺らした。

その拍子に股間を覆っていたタオルが横にずれた。ドキンとした。めくれたタオルの中から、ひょいと覗いてきた黒い翳の群がりに。

（オマンコの毛だ）

わかりきったことなのに、翔平は衝撃を受けた。

玲奈さんの薄毛に比べて、なんと多毛なことか。面積も広そうで、色白の肌だけに、その黒さが際立っている。翔平の視線を感じたのか、あわてふためいてあやめさんは、乳房から右手を離し、タオルを引きもどした。

おおっ！　手が離れた乳房は、意外なほど豊かで、わりと大きめの乳輪は薄い栗色で、いくらか腫れているように見えた。

「あの……、きれいなおっぱいです」

翔平は正直な感想を伝えた。

「えっ、あっ、はい……」

意味不明の擬音を発したあやめさんの右手が、それは忙《せわ》しげに乳房を覆った。

隠したい一心なのだ。

「やーね、せっかく翔平さんが誉めてくれたのに、おっぱいを隠してしまうなんて。もう三人とも、なにも着ていない裸になっているんですから、お互いにパーッと見せあいっこしましょうよ。隠しっこなし、で」

勇ましい音頭を取った玲奈さんは、しゃがんでいた膝を立て、バスタブの淵にお臀を乗せた。乳房も股間も隠さないで、長い髪に指をすき入れ掻きあげた。腋の下まで、完全開放する元気のよさである。

「わたしの躯は、玲奈ほど熟していないの」

あやめさんは僻《ひが》みっぽく言った。

いや、玲奈さんの躯よりあやめさんの躯のほうが、ずっと成熟しているように見えます。翔平は異論を唱えたくなったが、音声にはならなかった。そんな勇気はまだ出てこない。なぜなら、手で隠しているチンポがピクリとも反応しないで、ちんまりと縮こまったままだったから。

どちらかの女性に、手をどかしてちょうだいなんて攻められたら、男として赤っ恥をかくだけだ。

「ああん、二人ともなにをしているんですか。背中を丸めて意気地なしね」

小さなピラミッド型の乳房を迫り上げるように胸を反らし、玲奈さんはますます溌剌としてくる。

「だって、翔平さんも手で隠しているのよ、ほら、お股を」

あやめさんが攻撃に転じてきた。

「それじゃ、二人同時に手を離しなさい。あやめはタオルも取って。もじもじしながらいつまでも、二人で恥ずかしがっていることはないんです。二人ともアンダーヘアはフサフサでしょう。わたしなんか産毛みたいに薄くて寂しいのに、隠していません」

ああっ！　翔平は度肝を抜かれた。

それまで両方の足をバスタブの外に出していた玲奈さんが、なにを考えたのか、全身をクルリと反転させ、両足をお湯に浸けるなり、パカッと太腿を開いてきたのだ。羞恥心のかけらもない。いや、二人を嗾けようと、大胆な行動を取ってきたのだろう。

目のやり場に困った。

太腿は開けっぴろげなのだ。薄いヘアは全面開放されているだけでなく、太腿の奥に埋まっているオマンコは、プクリと膨れ気味で、縦に切れる肉筋まであからさまになってしまった。毛が薄いから、文字どおりの丸出し……。

（隠してください）

翔平は心底お願いしたくなった。

その部分は茜色に染まる大海原で見せてもらったが、青白い蛍光灯に照らされたオマンコの形とか色あいは、なんだかとっても猥らしく映ってきて、あやめさんの前では、とても正視できない。

「そうだわ、あやめもわたしと同じ恰好になって、翔平さんに見せてあげなさい。いつまでも男性恐怖症で泣いているなんて、みっともないわ」

「えっ、わたしもお股を開くの……？　翔平さんの前で？」

「そうよ。わたしよりあやめの……、あの、オ、マンコのほうがセクシーだって翔平さんが感じたら、今夜だけ、わたしは独り寝するわ。あやめの男性恐怖症が治ったら、わたしも嬉しいの」

本気とも取れる玲奈さんの言葉を聞いて、翔平はあきれ返った。ぼくの断りもなしに、勝手な提案をしないでほしい。

だが翔平は、わずかな胸騒ぎを感じた。ムラムラッとする興味にもかられて。ようするに二人の女性は、自分の目の前でバスタブの淵に座り、思いきりよく太腿を開くポーズを取るらしい。いまだかつて、そんな猥らしい場面に遭遇したことはない。しかも玲奈さんは薄毛であやめさんは濃いヘアだ。

好対照である。

だったら、オマンコの形も違うかもしれない。逞しく想像しているうち、チンポの先端がビクビクっと起きあがった。股間を隠す手のひらを、力強く、グイと押しあげてきて。

「その代わり、翔平さんも手をどけてくれるんでしょう」

あやめさんは急に積極的になった。

うーん、残念！　にわかに怪しくなった空模様を、翔平は恨んだ。こんなせせっこましいバスルームではなく、茜色に染まる太陽の下で、オマンコまで見せびらかす二人の素っ裸を見せてもらったら、もっと素晴らしい時間をすごせただろう、と。

が、贅沢は言っていられない。

チンポが大膨張すると、男は人間が変わるのかもしれない。ついさっきまで、胸のどこかに巣食っていた羞恥心は、一瞬のうちに、どこかに消し飛んでいた。

このような緊急事態では、男が率先して行動すべきであると、翔平は自分に言いきかせた。まだわずかにためらっているあやめさんを勇気づけてあげようと、股間を隠していた手を、ひと思いに離した。

「あっ、ねっ、玲奈……」

間歇的な叫び声をあげたあやめさんの視線が、翔平の股間を直撃した。

ついさっきまでイモムシ状態だったチンポが、お湯を割いて、ユラリと直立したからだ。イモムシに似てグレーがかっていた色あいも、薄い皮膚に包まれた亀頭は鮮やかなピンクに艶めいていたのである。

「長いスリコギじゃないでしょう。色も黒くないし、翔平さんのオチンチンは見た目にも清潔そうで、きれいなの」

玲奈さんは自慢した。

「でも、ねっ、お湯の中で揺れていて、よく見えないわ。ねっ、玲奈、翔平さんは立ってくれないかしら」

おいっ！　翔平はいくらかむくれた。あなたたち二人はぼくの目の前で太腿を開いてくれることになっていたんじゃないでしょうか。それなのに、こっちがポーズを取るかのように立ってくださいとは約束違反である。

「そうよね。お湯の中じゃ、はっきりしないわ。翔平さん、あやめの前に立ってあげてちょうだい。彼女は不潔っぽいオチンチンに恐怖を感じて、男性拒否症になってしまったんですから、ちゃんと治してあげるのは、男の翔平さんの役目です。だって、わたしの病気も治してくれたわ。あなたは女の悩みを解消してくれる名医なの」

おだてたり、すかしたり、玲奈さんの口は忙しい。

（わかりましたよ）

翔平は腹の中で居直って、お湯をザザッと波立たせ、立ちあがった。バスタブの底にお臀をペタンと落としていたあやめさんの目がまん丸に見開いて、真下から見あげてきたのである。

彼女の視線の角度からすると、そそり勃つチンポの裏側がまともに見られている。視線を感じたチンポが、ちょっとくすぐったい。しかし、ピンクに染まっている亀頭と比較して、チンポの筒部分には青い血管が浮きあがり、美しい形とは言いがたい。皺も刻まれているはずだ。

「玲奈……、助けて」

腰を抜かしてしまった恰好になって、あやめさんはかすれ声を発した。

「どうしたの？」

玲奈さんの声は冷静沈着である。

「大きいだけじゃないの。ほら、鰓がこんなに威張っているでしょう、ピンクに染まって、力強く張っているんです。棒の部分は引きしまって、力んでいるみたい。でも、形がきれい。見ているだけで、呼吸が苦しくなって、ああん、わたし、ものすごく昂奮してくるわ」

男性恐怖症に陥り、挙句の果て、レズ戯びに奔った女性とは、とても思えないじゃれつきようである。大きく見開いた瞳を薄桃色に染めているのは、ほんとうに昂奮している証なのか。

「さわってみたいんでしょう」

玲奈さんが嗾けた。

「だ、だって、ビクンビクンしているのよ。ほら、お馬さんがいなないているみたいに」

二人の女性の言いたい放題に、翔平はどう対処していいのか、わからなくなってくる。さあ、どうぞさわってくださいと、チンポを差し向けることもできない。馬のいななきに似たチンポの上下運動は、勝手に振れてしまうだけで、手の施しようがないのだ。

「ねえ、それじゃ、よく見てて……」

ひと声もらした玲奈さんの手が、チンポを目がけ、すっと伸びてきたのだった。おいっ、それはないでしょうと声を荒げたくなったが、左手で筒の部分を握った玲奈さんは、なんのためらいもなく、右手の中指の腹で亀頭の先端を、ヌルリと撫でた。

制止する閑《ひま》もない。

そして、あやめさんの目の前にかざした。

「ねっ、濡れているでしょう。ヌルヌルなの。あやめだって知っているわね。このヌルヌルは男性の我慢汁なの。昂奮してくると、自然に滲んでくるらしいわ」

説明を聞いているあやめさんの顔が、コクンとうなずいた。そして音を出さないように、口に溜まっていたらしい唾を飲んだ。

「このヌルヌルは、糸を引くほど濃いのよ。ほら、見て」

あーあっ、なにをするんですか！　翔平は強く抗議したくなったが、玲奈さんの手は止まらない。中指と親指の腹をこね合わせ、ゆっくり離していく。透明の粘液が細い糸になって、ふたつの指を繋いでいるのだ。

あっ、だめです、そんなことをしたら！　さらに強く抗議したくなったが、声は喉に詰まって、出てこない。

いきなり玲奈さんは、我慢汁を粘つかせた中指を、それはあっさりと口に含んでしまったのだ。飴玉をしゃぶっているふうに、音を立てて指先を舐める。腰を抜かしてしまったようなあやめさんの目は、まばたきもしないで、親友の様子を追うばかり。

「あんまり味はしないの。でも、大好きな男性の体液だと思ったら、おいしいのよ。ちっとも不潔じゃないし。ねえ、あやめも舐めてみなさい」

もう、だめだ。なにを言い出すんですかと、翔平はあきれるしかない。

「ねえ、ちょっと聞いていい？」

あやめさんはわりと真面目な言葉を発した。

「なあに？」

指舐めをやめないで、玲奈さんは聞きかえした。

「あのね、わたし、玲奈の、あの……、ヴァギナを舐めたことがあったでしょう」

それまで威勢のよかった玲奈さんが、急にしょげて、頭をかかえた。なんでこんなところで、そんな話をするのよと、困り果てているような。玲奈さんにとっては、思い出したくない時間だったのかもしれない。

うーん、なるほどね。レズ戯びの代役を勤めたとき、あやめさんは玲奈さんのオマンコを舐めたのだ。とんでもないことを聞かされて、翔平は玲奈さんに視線を移したが、すっかり元気を失っている。

玲奈さんにとって、レズ用のクンニリングスは、友人に対する慰めだけであって、本人の趣味でなかったことを、はっきり言いたかったに違いない。玲奈さんの顔色をうかがって、翔平はそう理解した。

「それが、どうしたのよ」

やっと答えた玲奈さんの声に、怒りがこもっている。

「玲奈のお味は、あの……、ちょっとしょっぱかったような、ちょっと生臭かったのよ。ううん、悪い味じゃなかったわ。それでね、翔平さんの我慢汁って、玲奈の味に似ているのかどうか、聞きたかっただけ」

「そんなこと、あやめが自分で確かめればいいことよ。わたしの言葉では、ちゃんと説明できない複雑なお味なんですからね」

玲奈さんの口ぶりは、まだ怒っているような。それとも不快感をあらわにしているのか。

「玲奈と同じように、指ですくって……？」

「好きにすればいいの。指ですくうより、いやじゃなかったら、しゃぶりついてみたら、どう？　味がよくわかるはずよ」

翔平はギクリとした。玲奈さんのアイディアは、フェラチオの勧めである。それはとても無理だろう。たった今まで男性恐怖症に苛《さいな》まれていた女性である。黒いスリコギ状のチンポを見せつけられ、顔に押しつけられ、男嫌いになった女性に、いきなりフェラなどできっこない。

あやめさんの赤みがかった眼差しが、急にあちこちに飛びはねた。玲奈さんの顔を追ったり、翔平に向けられたり。そして天井を向いたまま直立しているチンポを睨んだりして。

ギョッとした。

「舐め方を教えてあげるわ」

低い声を発した玲奈さんは、バスタブの中に飛びこんでくるなり、翔平の真ん前に膝をついて、そそり勃つチンポの筒をむんずと握った。横座りになっているあやめさんは、ぽかんと唇を開いたまま、玲奈さんの様子を見つめるだけ。

（こんなこと、もうやめましょう）

翔平は腰を引いたが、チンポが強く握られているから、無理やり引こうとすると、痛みが奔る。

ああっ！　翔平は大声をあげた。

玲奈さんの口が大きく開いた瞬間、筒先からズブリと飲みこんできたからだ。玲奈さんの口はこんなに奥行きが深かったのかなと、再確認した。棒立ち状態のチンポのほぼ根元まで、彼女の口にすっぽり埋没している。

数回、口を上下に振った玲奈さんは、それはわざとらしく舌を出し、筒先に小さな窪みを作る鈴口を、ペロペロッと舐めまわした。電気が奔るような刺激が筒先から根元を劈いていき、男の袋をキュッと引きしめる。

（やばい！）

男の快感は、我慢汁を大量に滲ませ、鈴口に透明の粘液を溜めた。ほっておくとタラリと垂れ、お湯を汚してしまう。

「あやめ、ちゃんと見たでしょう。これが正しいフェラのやり方よ。舌ですくった我慢汁は、お口でモグモグして、しっかり咀嚼《そしゃく》して、お味を充分愉しんでから、全部飲んでしまうのよ。一滴でも吐きすてたら、あなたは一生、男性を愛せない悲しい女になってしまうわ」

学校の先生が、無知な生徒に勉強の仕方を教えているような、厳しい指導である。

「それで玲奈は、全部飲んでしまったの？」

「一滴も残っていないでしょう。ほら、見てごらんなさい」

勝ち誇ったような言葉が終わったとき、玲奈さんはピンクの舌を、思いっきり差し出した。我慢汁は跡形もない。

玲奈さんの手から開放されたチンポは、また馬の首のごとくいなないた。

「わたし、やってみる」

小声をもらしたあやめさんの手が、こわごわといったふうに、チンポを狙って伸びてきた。我慢汁を溜めた鈴口あたりを、チョロッと撫で、そして筒を握りしめた。玲奈さんの握り方より、はるかに柔らかい。

「あーっ、ねえ、わたしの手の中で、ビクビクしているわ。硬いだけじゃなくて、弾力があって、弾んでくるの」

あやめさんの声は、上ずったり、沈んだりする。どんどん昂ぶっていく気持ちの高揚を、必死に鎮めているのか。

「握っているだけじゃなくて、舐めるのよ。ほら、滴が溜まっているでしょう。

舌を伸ばして、すくい取りなさい」

玲奈さんの声はやはり、ぐずぐずしている生徒を叱咤《しった》しているような按配《あんばい》である。

あーあっ。翔平はあきれて見つめた。

乳房を隠していた両手は離れ、黒い毛を覆っていたタオルはお湯に流れ、もはや全裸だ。が、そんなことは気にもとめず、あやめさんは膝立ちになり、チンポの先端に唇を寄せてきた。

首筋で柔らかくカールしていた髪はお湯に濡れ、昂奮のあまり、額や鼻梁の脇には大粒の汗を滲ませ、頬っぺたは熱をこもらせたのか、真っ赤に染まっているのだった。

「失礼します……」

これほど淫らな情景に、まるでそぐわない礼儀正しい挨拶をしたあやめさんは、両手でチンポの筒を握りなおし、そして我慢汁を溜めた鈴口に狙いを定めて、舌を差し出した。

見るからに薄くて、小さい。さあ、思いきって舐めてくださいと、勢いよく股間を迫り出す気持ちにはなれないほど、頼りない。だが、あやめさんの舌はかなり積極的に動いた。鈴口に溜まっている透明の粘液を、ペロリと舐めとったのだ。慣れないしぐさも手伝ってか、彼女の舌が鈴口に接触した瞬間、つーんとする刺激が股間の奥を奔りぬけていった。

舌を引っこめてあやめさんは、口をもぐもぐ動かした。先生の指導を素直に実践している。

あやめさんは大きく瞳を開いた。

笑っているような、泣いているような。

だが、あやめさんはまた舌を出し、鈴口を舐めた。舌先を硬く尖らせたせいか、一度目の舐めとりより、刺激が強くなって、もっと舐めてくださいと、新しい我慢汁を大量に滲ませる。

「あん、玲奈、どんどん出てくるわ。どうしたらいいの？」

口をもぐもぐさせながら、あやめさんは泣き言を吐いた。

「お口に含んであげればいいのよ。たくさん出てきても、全部、喉の奥に流れていくでしょう」

先生の指導は合理的である。そうね……。顔を縦に振って応えたあやめさんの唇が大きく開いた。飲みこもうとする。だが、強烈に張りつめた鰓が小ぶりの唇の端に引っかかって、入りにくい。

しかし、あやめさんはあきらめない。鰓の横合いから舐めたり、先端を吸ったりして口に含む練習をする。あーあっ。ひどいことになった。彼女の唇の端から、口には溜めておけない唾が流れおちて、湯面に白い泡を広げていくのだ。

ううっ……。うなったのは翔平だった。

どこから飲みこんだのか、亀頭部分のみがあやめさんの口内に、埋まっていた。

（かわいそうだ）

そんな無理をしなくてもいいのに……。翔平は哀れをもよおした。フェラやクンニは苦しんでまで行動に移すべきではないと、経験は浅いが翔平は心していた。

「あやめさん、もうやめてください」

言って翔平は腰を引いた。なんと涙ぐましいことか。先生の言いつけを確実に守ろうとしているのか、あやめさんは唇を真一文字に閉じ、口内に溜まっているらしい我慢汁と唾を、ゴクンと飲んだ。

「あやめもやるわね」

一連のフェラ行為を見守っていた玲奈さんが、ほんのちょっぴりジェラシーめいた言葉を口にした。

「でも、玲奈みたいに、オチンチンの根元までお口に入らなかった。だって、大きいんですもの」

「汚いと思わなかったのね」

「ううん、もっと奥まで飲みたかった。でもね、翔平さんのお汁は、全部飲んでしまったわ。味までよくわからなかったけれど」

わりと冷静な二人の会話を聞いているのが、辛くなってきた。

フェラの練習をしてくれてもいいが、それなりの刺激、気持ちよさを受けて、チンポはますますそそり勃ち、股間の奥に熱気がこもってくるのだ。

「話はそのくらいにして、次に進みませんか。ぼくはまだ十八歳で、刺激に弱くて、そんなに我慢強くないんです。そうだ、ぼくはタイルの床に寝ますから、あの……、お二人で後始末をしてください。お願いします。だって、チンポの根元が、ウズウズ、ムズムズして、今にも爆発しそうなんです」

「えっ、もう……」

ひと声あげた玲奈さんが、急いでバスタブから飛び出した。

ピラミッド型の乳房はさらに硬く張りつめているようだし、極薄のヘアはお湯に濡れ、股間の丘にすべて薙ぎ倒されているから、毛無しの丘に見える。

でも、すごく猥らしい。ムクッと盛りあがる肉の丘はツルツル、スベスベに見えて、丘の下側に切れこむ肉筋の隙間に、小さな肉の突起が見え隠れしているのだ。

そんなあられもない恰好になっているのに、

「それじゃ、ねっ、ここに寝てちょうだい。仰向けになってね」

と、やや焦った口調でも、玲奈さんはてきぱき指示する。

だが、余裕はさほどない。二人の女性が素っ裸になってバスタブに侵入してきたときから、翔平の官能神経は刺激されまくっていたのだ。マスターベーションをやったら、五回、六回こすってやるだけで、ビュビュッと噴き出してしまいそうなほどせっぱ詰まって、股の奥のほうが熱っぽい。

それでも指示されるまま、翔平は床に仰臥した。一刻も早く、気持ちよく出してほしいと願っているからだ。

仰向けになって寝たものの、恥ずかしいこと、この上ない。まったく勢いを失わないチンポは、下腹を打ち据えながら迫りあがっている。

「ああん、わたしはどうすれば……？」

バスタブから飛び出てきたあやめさんは、仰向けに寝た翔平の真横に膝をつき、おろおろしながら、半分泣き言をもらした。

今にも噴射しそうな股間の疼きから神経をそらし、翔平はあやめさんの全裸に目をやった。おっぱいは玲奈さんより、ずっとふくよかな盛りあがりを描いているし、オマンコの黒い毛は逆三角形に茂り、お湯の滴を垂らしていて、翔平の目には生命力の強さを示してくるのだ。

「翔平さんはまだ若いでしょう。十八歳よ。あやめのフェラで我慢できなくなったらしいの。だから出してあげましょう」

玲奈さんは大人ぶったことを言った。

「出してあげるって、どうやって？」

逆にあやめさんの言葉は、実に幼い。

「わたしの膣《からだ》によ。わたしも翔平さんとほんとうに結ばれるのは、今日が初めてなの。ものすごく期待していたわ、とってもたくましくてきれいな翔平さんが、わたしの膣《なか》に入ってきたら、どんな感じになるのか……、って」

間をおかず、玲奈さんはチンポの真上に跨ってきて、チンポの先端を指で拾いあげるなり、薄毛の裏側に誘導した。

ううっ……。翔平は声をあげて喘いだ。

今にも噴き出してしまいそうなほど膨張する筒先に、生温かい粘膜がかぶさってきて、だ。あーっ、入ってくるわ。ねっ、熱いの。太くて……、ねっ、気持ちいいの……。切れ切れの声をあげた玲奈さんの腰が、前後、上下に弾んだ。

翔平は全身で感じた。チンポの根元まで、ズブズブと飲みこまれていく快感を。

(もう出てしまう)

腰が勝手にもがいた。生ぬるい粘膜を突き上げる。あと数秒!

ええっ、なんだ、これは! 翔平は目を閉じていたのである。なにが口の上にかぶさってきたのか、さっぱりわからなかった。だが、呼吸が詰まってしまうような圧迫感があった。

翔平は懸命に目を開いた。あっ! 仰天した。あやめさんのオマンコが、顔の上にきっちり跨っていたのである。その体勢は間違いなく、クンニを要求している。もうどうにでもなれと、翔平は舌を突き出した。ネラッと感じる肉が、舌先に粘ついた。そのまわりに生えているヘアが数本、ネバ肉と一緒になって、舌に絡んでくる。

ネバ肉でもヘアでも構わない。あと数秒もしたら、チンポの根元は大爆発する。その勢いを借りて翔平は、粘つく肉の隙間に舌を差しこんだ。生ぬるい粘液が、奥のほうからニュルッと滲み出てきて、口の中に広がった。味はよくわからないが、粘り気は濃い。

翔平は飲んだ。

「あーっ、玲奈……、ねっ、わたしのヴァギナの奥のほうに、翔平さんの舌が入ってきて、モゴモゴ動いているんです。素敵、素敵なの。気持ちよくて、あーっ、お腹の底から痺れてくるみたいよ」

あやめさんの声が、はるか遠くから聞こえてくるような錯覚に、翔平は陥った。官能神経の大半が、玲奈さんの膣に飲みこまれたチンポに集中してしまったせいだ。

どんな状況でも、できるだけ勢いよく噴き出したい。それが男の欲望だ。

翔平は顔の上に跨っているあやめさんのお臀を両手で支え、股間を突き上げた。チンポの先っぽが、玲奈さんの膣奥深くに突き当たって、ビクンと跳ねた。

（ぼくはなにをしているんだ……？）

一瞬、わけがわからなくなった。意識が飛んでしまったように。ぼくのチンポは誰のオマンコに挿入されていて、ぼくは誰のオマンコを舐めているのか、と。

「あーっ、わたしもいくわ。ねっ、翔平さん、きて、いっぱい出して。茜色の太陽に見守られて、あなたに抱かれたときから、ずっと、待っていたのよ。あなたの逞しいオチンチンが、ああっ、わたしのオ、マンコの中に入ってくることを」

玲奈さんの声を聞いて、翔平はやっと覚醒した。ぼくのチンポは玲奈さんの躯に入っていて、ぼくの舌はあやめさんのオマンコを舐めているのだ、と。

そのとき翔平は、はっきり感じた。

玲奈さんの躯の奥深くに挿しこんだチンポの根元に、強い縛りを受けたことを。玲奈さんのオマンコはきっと、引き攣ったのだ。それだけじゃない。あやめさんの膣に小刻みな痙攣が奔った。

「出ます！」

翔平は大声を発したつもりだった。が、口はあやめさんのオマンコに塞がれ、声にはならなかった。

瞬間、チンポの根元が弾きわれた。我慢に我慢を重ねていたから、噴射の勢いは凄まじい。ドクッ！　ドクッ！　と、音を出して噴き出ていくような。噴射は止まらない。

一瞬、翔平は自分の頭が真っ白になっていくような快感に酔い痴れていた。

第五章　裸で抱っこ

『うえず島』の山の頂《いただき》に、たった一本植えられているカンヒザクラは、淡いピンクの花びらをすっかり散らし、鮮やかな葉桜に生まれかわっている。この桜は曾祖父が琉球王国から島を買ったとき、記念に植樹したらしい。

翔平はおじいから、その微笑ましい歴史を伝え聞いた。

したがって上江州家にとっては、由緒のある桜として大事に育てられている。

日曜日のお昼すぎ、翔平は誰かに呼ばれているわけでもないのに、一人で山に登り、桜の下で孤独な気分に浸りながら、抜けるほど青い空を見あげるのが、自分なりの余暇になっていた。

その都度、翔平は一度も会ったことのない曾祖父と、なんの気兼ねもなく語りあえる時間を持つようになった。曾祖父はいつもニコニコ笑いながら、黙って聞いてくれる。

（ねえ、曾祖父……）

この日も翔平は、一人でつぶやいた。

——宮本玲奈さんと竹下あやめさんがなんの連絡もなしで、突然、石垣島にやってきたのは、二週間くらい前なんだ。東京の女の人って、勝手だよね。ぼくの都合なんて、全然無視しているんだから。

男性恐怖症とかいう変な病《やまい》に取りつかれて、レズビアンに奔ったあやめさんは、玲奈さんの応援もあって、たった一晩で正常な神経に戻ったんだ。

ひょっとしたら、わがまま病かもしれないね。玲奈さんの引きこもり症と同じだよ。玲奈さんは、茜色に輝く『うえず島』の海をちょっと見ただけで、命より大事にしていたスマホを放り出してしまったんだもの。

その夜、ぼくたち三人は、風呂から出てベッドルームに戻って、一夜を明かしたんだ。

普通の女性に無事帰還したあやめさんは、ぼくに二回も挑んできたんだよ。挑むって、どんなことか、曾祖父はわかるでしょう。ひと目見たところ、大人しそうなお嬢さんタイプなのに、ぼくの躯が好きになってしまったらしく、何度も挑戦してきたんだ。

ぼく、ちょっとくたびれてしまった。

それでね、あやめさんの相手をしながら、ぼくはものすごく不思議な気分になったんだ。ぼくとあやめさんは素っ裸になってベッドでじゃれ合っているというのに、玲奈さんはソファに座って、ビールを飲みながら、テレビ映画を見ていたんだよ。翔平さんは憧れの男性なのよ、大好きよ、なんて、さんざん宣伝しておきながら、ほかの女性とセックスをしているというのに、知らん顔でビールを飲んでいる神経が、ぼくにはどうしても理解できなかったんだ。

曾祖父はどう思う？　おかしいでしょう。

大都会の女性の、あなたが大好きです、憧れよという甘い言葉は、その程度のものなのかな。だからぼくは玲奈さんに不信感を持ってしまったんだ。少しくらいヤキモチを妬《や》いてくれたっていいと思うんだ。

声を大にして玲奈さんに抗議することもないと思って、少しばかりあきれながらぼくは、あやめさんのおっきなおっぱいに、顔を埋めていたんだ。そのほうが気楽だもん。二人同時にしつこく迫られたら、逆に迷惑だよね。

セックスをするとき、二人を相手にしていたら、どっちの人を大事にしようかなんてくだらないことを考えたりして、全然、気持ちよくならないと思ったし。

だから夜中をすぎた時間になってぼくは、なるようにしかならないんだと、玲奈さんのことは、気にしないようにしたんだ。

うん、完全無視したのかな。

翌日、二人は仲よく東京に帰っていった。あやめさんは、ちょっと名残惜しそうに言ったんだ。学校が休みになったら、また来ます。会ってくれるわね。そのときは一人で来ます、って。

信用できるもんじゃないでしょう、曾祖父……。一人で来ますという甘い言葉は、東京のお嬢さんたちの口癖で、男を騙す常套句になっているのかもしれないよ。だからぼくは笑いながら聞き流してやった。だいいち、一週間か二週間後に島に戻ってきます。そのときは一人ですからね……、って、石垣空港のロビーで耳元にささやいていった宮本由里江さんは、あれから一カ月くらい時間が経っているというのに、連絡の一本もないんだよ。

東京のお母さんは、ぼくのことなんか、すっかり忘れているんだよ。東京には若い男がいくらでもいるから、わざわざ南の果ての離れ小島になんか来るはずもないんだ。

だから、あんな大ウソを平気で口にして高校生を騙すようなおばさんは、もう来なくてもいいと思うようになったんだ。期待しながら待っているのは、精神的にきついよ。ストレスが溜まってしまって、さ。

それに、宮本玲奈さんとあやめさんが無断でやって来て、ぼくにとっては初めての三人戯びを体験したんだけれど、その戯《たわ》けの後遺症が躯の隅々に飛び火して、『うたき』のノロさんに会いに行こうと思う気持ちが、少しずつ後退しているんだ。

時の勢いで、二人の女性と同時にセックスをして、ぼくの躯が薄汚くなってしまったような後ろめたさに取りつかれているみたいなんだ。

だから神聖な琉王神社をたった一人で守っている、きれいな巫女さんに合わせる顔がなくなってしまったんだ——

（あーっ、やだな！）

一人でぶつくさつぶやいた翔平は、青く茂る雑草の上に尻を落としたまま、両手を高く掲げ、大声をあげた。曾祖父に語りかけているつもりだったけれど、自分のやってきたことが、ひどく虚しく思えてきて、だ。勉強だっておろそかになっている。おじいと漁に出ると、アクビばかりして、おじいに怒鳴られた。そんなに眠たいんだったら、舟にのることは、ねえっ！　と。

おじいの声に、翔平は縮みあがった。

こんなに怒られるんだから、ぼくのやっていることは、人道に反しているのかもしれない……、なんて、大げさに考えたりした。

そのときふいに、背中の後ろでゴソゴソッと音がした。ドキンとした。このあたりは野うさぎや猪が出てくることもある。野うさぎだったら構わないが、猪だったらおっかない。

翔平は振りかえろうとした。が、間一髪遅かった。

誰かが真後ろから覆いかぶさってきて、両手で目隠しをしてきたのだ。猪じゃない。目隠しをされた手を思いっきり強く振り払おうとしたが、翔平の手に急ブレーキが掛かった。細っこくて、柔らかい手だったから。ゴツゴツした男の手ではない。

「どなたですか」

悪さをしてきたのが女の人らしいとわかって、翔平の声は急に猫撫で声になった。声は返ってこない。しかし『うえず島』の女の人でないことも、すぐにわかった。こんなに柔らかい手をした女の人は、『うえず島』にはいないし、背中からプーンと漂ってくる香りが、メチャ爽やかだったから。

まさか、竹下あやめさんがトンボ返りしてきたわけでもないだろう。そんなことはない。まだ学校は休みじゃなかった。

「ああん、わたしのこと、もう忘れてしまったのね」

悔しそうな声を出した女の人の両手が、やっと目から離れていった。翔平は急いで振りかえった。

「あっ、お母さん！」

甲高い翔平の声が、青空の彼方に飛んでいった。

「翔平さんのこと、嫌いよ」

お母さんと呼んだ女性は、宮本玲奈さんの義理の母親である由里江さんだった。

「えっ、嫌いって、どうしてですか」

「だって、そうでしょう。やっと時間を作って、愛《いと》しい男性と再会できたのに、いきなりお母さん！　だ、なんて、わたしがかわいそうよ。今日は玲奈もいないんですから、由里江と名前を呼んでくださいな」

最後のほうはすっかり甘え声になったお母さんは、淡いクリーム色のスカートの裾を気にしながら、翔平の真横にお臀を落としてきて、すぐさま腕を絡めてきたのだった。

天国にいる曾祖父を相手に、ウソつきとか、約束を守らない人だ、もう来なくてもいい……、などと、さんざん毒づいていたのに、お母さんの両手が二の腕に絡んできた瞬間、翔平の悪態は、あっという間に消えていた。

お母さんの柔らかい肉体と甘い匂いが、翔平の躯を腑抜けにしてしまったのだ。

それでも翔平は、精いっぱい反抗した。

「ぼくだって待っていたんです。お母さん……、いえ、違いました。由里江さんは一カ月くらい前、『うえず島』に来たとき、ぼくの耳にささやいたんです。一週間後か、遅くとも二週間後に戻ってきますから、待っててくださいね、と。それなのに、一カ月も連絡してくれないから、ぼくは不貞腐れていたんです。東京の人はウソつきだって」

「ごめんなさい。ほんとうはすぐに戻ってきたかったのよ。いろいろな事情があって、外国に行っていたの」

「えっ、外国……？　どこに？」

「フランスよ。主人と、正式に離婚の手続きをするために」

あっ、そうだった。翔平は思い出した。玲奈さんはお父さんの連れ子で、由里江さんとは、一滴の血のつながりもなかったことを。あっ、そうか！　翔平は理解した。玲奈さんが断りもなしに友だちを連れて石垣島にやってきたのは、由里江さんが日本を留守にしている最中を狙ったのだ。

そのとき翔平はまた、迷った。

わたしは父親の連れ子で、由里江さんは義理の母親なの……、と、玲奈さんは告白していたが、由里江さんに確認したほうがいいのか、どうか？　しかし結論はすぐに出た。わざわざ聞くことはない。玲奈さんがふたたび『うえず島』にやってくる予感はまったくないのだから、知らんぷりをしているのが、もっとも平和な方法だろうと考えなおして、だ。

でも、ふたたび翔平は大きな疑問点にぶち当たった。

山の頂に一本だけ植えられているカンヒザクラまで登っていたことは、誰にも教えていなかった。ましてやお母さんに知らせるわけもない。おじいやおばあにも話していなかった。

カンヒザクラの根元は唯一、曾祖父と、誰にも邪魔されることなく話ができる場所だと、ある意味、翔平の隠れ家になっていたのだから。翔平はつい、真横に座っているお母さんの顔を、ジロリと睨んだ。

「まあ、いやだ……。翔平さんに黙って来たから、怒っているみたい。ねっ、そんなに怖い顔をしないでください」

口では謝っているふうだが、お母さんの両手は翔平の二の腕にヒシッと絡みついてきて……、いや、それだけではなく、胸の膨らみをグイグイ押しつけてくるのだ。

柔らかい肉の盛りあがりを感じて、わずかな不審をいだいていた翔平の気持ちは、たちまち氷解していき、寄りかかってきた彼女の脇腹を、しっかり抱きとめたくなっているのだった。

だらしないったら、ありゃしない。

「怒っているんじゃなくて、由里江さんはどうしてぼくの居場所がわかったのか、不思議に思っていたんです。誰にも教えていなかったんですよ」

ふふっ……。お母さんはさもおかしそうに含み笑い浮かべた。

「さっきね、石垣島からこの島まで、石垣の漁師さんの舟で送ってもらったんです」

「ぼくに、連絡してくれればよかったじゃないですか。すぐ、石垣の空港まで迎えにいきました」

「ありがとう。でもね、翔平さんを驚かせてあげようと思ったの。それで内緒で『うえず島』まで来て、すぐ、あなたのお宅を訪ねたら、おじい様が縁側にいらっしゃって、翔平の奴は多分、カンヒザクラの根っこで昼寝をしているやろうと、教えてくださいました」

あーあっ、おじいに見すかされていたと、翔平はいくらかがっかりした。でも、こんなちっぽけな島だから、どこに隠れようとすぐに見つかってしまう。翔平はあきらめた。

「でも、素敵な場所ね。葉桜も東京の桜より緑が濃くて、葉も厚いみたいよ。ねえ、お山を散歩しませんか。『うえず島』の海は、もちろんきれいよ。どこまでも澄みきっていて……。でも、お山も素晴らしいの。白いユリやブーゲンビリアは野生でしょう。ここまで来る途中にも、あちらこちらにかわいらしく咲いていて、とってもいい香りでした」

さあ、行きましょう……。催促したお母さんの手に引っぱられ、翔平は重い腰を上げた。散歩なんかしたくない。寝っ転がって、白い雲のたなびく青い空を見あげていると、すっかり黄ばんでしまった白黒の写真でしか見たことのない曾祖父の姿が、ぼんやりと浮きあがってくることもあったからだ。

でも、お母さんの誘いは断れない。

カンヒザクラを中心にする『うえず島』の山中は、ほとんど歩きまわった。さほど季節には関係なく、いつも可憐な花びらを咲き誇らせるハイビスカスは色とりどりで、島の自慢だった。

自然豊かな美しい山の中を案内してあげるのも、ぼくの役目かもしれないと考えて、だ。

立ちあがった翔平の腕に、たちまち右手をまわしてきたお母さんは、風で乱れた長い髪を左手の指先ですき上げた。そしていくらか胸を反らした。半袖のサマーセーターは薄いオレンジで、胸の膨らみを誇張するように、胴まわりはぴっちりフィットしている。

(お母さんはほんとうに四十一歳なんだろうか)

立ち居振る舞いはキビキビしているし、それほど派手でないファッションが、逆に若さを漲らせているように見えてくる。

背の低い潅木《かんぼく》の隙間に作られた小路を、当てもなく歩きはじめた。道が狭いから、どうしても二人の躯はこすれ合い、ときどき、ふくらはぎや太腿がくっついてしまう。

翔平はどんどん幸せ気分に浸っていく。お母さんはウソつきじゃなかったんだと思うと、なおさら愛おしくなってきて。

「このお山も、翔平さんのお宅のお庭みたいなものでしょう」

お母さんの声が耳たぶの真横から吹きかかってきた。

いつの間にか彼女の顔は、翔平の肩口に寄りかかっていたのである。

「曾祖父が琉球王国から買った島ですから、曾祖父は植林とかに、ずいぶん気をつかったそうです。そのことはおじいから聞きました。曾祖父はときどき山の中で寝たそうです。その名残が、もう少し歩いたところにあります」

「まあ、名残……?」

「はい、山小屋です。曾祖父は松や、背の高い丈夫な木を伐採して、自分一人の力で小屋を作ったらしいんです。ぼくはときどき行って、掃除をするんです。曾祖父の遺産みたいなものだし、曾祖父の匂いもしてくるんです」

「見たいわ、その山小屋を……」

「あと百メートルほど先ですから、どうぞ見てください。大きなテーブルとか椅子も、曾祖父の手作りだそうです」

急にお母さんの足取りが軽くなった。翔平の腕を取って、引っぱるようにして、白いミュールを履いた足を急がせる。そんなに急がなくても、山小屋は逃げませんん……。翔平は文句を言いたくなった。かなり強引に腕を引っぱられると、お母さんの胸の膨らみとか温かみが、二の腕から遠のいていくからだ。

「あっ、あれ、そうでしょう。見えました。藁葺き屋根なのね。平屋建てよ。ちゃんとテラスもあって、よくできているわ」

曾祖父が一人で建てたのだ。二階まで手がまわらなかったのだろう。

お母さんは翔平の手を離すと、小走りで山小屋に駆けよっていった。走っていく後ろ姿が、なんとなく子供っぽい。

テラスといっても板敷きで、おじいが何度か手入れしていたらしいが、歩くとギシッと不気味な音を立てて軋むし、あちこちに虫食いの穴が空いていた。

そんなことにはいっさい構わず、お母さんはテラスに駆けあがり、ピョンピョンとスキップするのだった。こんなにウキウキしたしぐさは、四十一歳になるお母さんのほんとうの姿なのかなと思いながらも、都会人にはとても珍しい建築物に映っているのだろうと、翔平はほんのわずか満足した。

なにしろ原型は大昔の遺物なのだから。

「藁屋根も結構手間がかかるんです。おじいは何年かに一度、沖縄の糸満《いとまん》あたりから藁を買って、葺《か》き替えているんです。ぼくが手伝っていると、爺さんはよけいなものを作ってくれたもんだと文句を言いながら、わりと愉しそうに屋根の手入れをしているんですよ」

お母さんの真横に立って、翔平は説明した。

「翔平さんも屋根に上がって？」

「そうです。おじいと笑いながら話します。わしらは丘に上がったカッパで、足腰がふらついとる。漁師はやっぱり、海の仕事が似あっとる……、なんて言いながら」

「丘に上がったカッパさんでも、今日、久しぶりにお目にかかって、わたし、翔平さんのこと、見なおしてしまいました」

「見なおしたって、どこを？」

「一カ月前より、躯つきがひと回り大きくなったみたいよ。ほら、半袖のシャツから出ている腕はますます太くなって、がっちりして、わたしなんか、軽々とお姫さまだっこされてしまうわね」

誉め殺しの言葉を並べたてて、お母さんは、お姫さまだっこをねだっているみたいだ……。翔平は自分勝手にそう判断した。が、すぐに両手を出すほど勇気はない。

「この小屋は、一部屋しかないんです。ベッド用らしい大きな箱があって、曾祖父は筵《むしろ》を敷いて寝たそうです。年中、暖かい島ですから、布団なんかいらなかったんでしょうね」

「それも曾祖父の手作りだそうです」

「ねっ、見せてください」

お母さんはまた翔平の手を引っぱった。駄々をこねる子供が、ぐずついているようなしぐさである。今は、野うさぎ一匹出てきそうもないし、名前も知らない野鳥の羽ばたきが、ときどき、木々の小枝を震わせる森閑とした雰囲気が、お母さんの気持ちを逆に、ひどく昂ぶらせているみたいで。

「扉を開いたら、すぐそこにありますよ」

翔平はわざと素っ気なく言った。

「曾祖父さまがお使いになっていたお部屋でしょう。よそ者のわたしが一人で入っていいのかしら」

「構いません。部屋はそんなに大きくないんです。十畳あるかどうか、くらいです。板敷きですから、ぼくはここで待っていますから、土足のままでどうぞ」

「ああん、一緒に入ってちょうだい。だってこの山小屋は大正時代に建てたんでしょう。なにか怖いものが出てくるかもしれないわ」

翔平の意地悪口調は、お母さんを虐めて、こっそり愉しんでいるふうだ。ぼくのことを一カ月もほったらかしにしていたから、仕返しをしているんだ。フランスからでも連絡しようと思ったら、できるでしょう。

腹の中で翔平は減らず口を叩いているが、半分泣き出しそうな顔になったお母さんが、少しばかりかわいそうになった。

「わたしたちは、一カ月ぶりに会ったのよ。もう少し、優しくしてくれてもいいのに」

今にも泣き出しそうなのは顔だけではなく、言葉も泣きべそになってくる。

「優しくって、どうすればいいんですか。お腹が減っても、こんなところに食堂はありませんから、山を下りるまで我慢してください」

意地悪も極まれり。

「そんなこと、言ってないでしょう。ああん、早く……、あの、お姫さまだっこして、お部屋に連れていってちょうだい」

とうとう痺れを切らしたのか、お母さんは翔平の両手を取って、ブランコのように揺すった。なんだか、ものすごくかわいらしい。ぼくより二十歳以上も年上なのに、甘えきっているのだから。

「ぼく、今日は少し疲れているんです。朝の三時半からおじいの舟に乗って、漁の手伝いをしていましたから、力がないんです。お母さん……、いえ、由里江さんをお姫さまだっこして、ドスンと床に落としても知りませんからね」

「いいわよ。落としそうになったら、言ってちょうだい。あなたの首にしがみついて、離しません」

今泣いた子供がもう笑った……。お母さんの表情はそれほど激変していく。翔平はやっと素直な気分に戻った。腰を屈め、左手をお母さんの背中に、右手を太腿の裏側にまわして、よいしょ！　と、掛け声もろとも抱え上げ、お姫さまだっこした。

お母さんの両手が、瞬時をおかず翔平の首筋に巻きついた。

身長は百六十センチ前後なのだろうが、重さはほとんど感じない。重さを感じないほど、翔平の両手に力が入っていたのだ。

カンヒザクラの下で再会してから一時間近く経って、やっと二人の顔が真正面からぶつかった。声もなく見つめあう。気がつけば、薄いオレンジ色の半袖のサマーセーターを着たお母さんの胸が、激しく浮き沈みしているのだった。

それまで大きく見開いていたお母さんの目が、ひっそり閉じられた。そして唇を上げてくる。お姫さまだっこの次は、キスをねだっているらしい。翔平はすぐに察した。透明のピンクの口紅を塗った唇に、細い皺が刻まれていく。唇をいくらか窄《すぼ》めたせいだ。

すぐに唇を合わせてしまうのは、なんとなくもったいないような気分になって、翔平はじっと見守った。

そうだ、聞いておきたいことがあった。

「由里江さん、目を開けてください」

顔を寄せて翔平は小声で言った。

「あん、なあに……？」

お母さんの瞼がゆっくり上がった。

「どうしても気になることが、ひとつだけあるんです」

「玲奈のこと？　玲奈はすっかり元気になって、新しいボーイフレンドができたみたい。写真を見せてくれたわ。それがおかしいの。歳はひとつ下で、どこかの大学のボート部で活動しているらしいの。おかしいのは、その坊やの顔は真っ黒で、髪は短く刈って、翔平さんと少し似ていたんです」

あっ、そうですか……。話を聞いても驚きに値しない。大都会の女の人は、移り気が早いんだと、翔平は聞き流していた。

「いえ、そんなことじゃなくて、由里江さんは十五年前に離婚したあと、恋人ができたって、言っていたでしょう。今でもときどき電話で連絡しているとか」

「はい。頼りになる相談相手……、なのかしら」

「会ったりしないんですか」

「あら、そんなに気になるの？」

「だって、そうでしょう。今もぼくは由里江さんをだっこして、キスしそうになっているんです。その恋人と由里江さんがキスをするような関係だったら、ぼくはものすごく悪いことをしていることになりますから」

お姫さまだっこをされたまま、お母さんはしばらく黙ってしまった。目を閉じたり、あらぬ方向に視線を向けたりして、しきりになにかを考えている。

しばらくしてお母さんは、やっと口を開いた。

「この前もお話したでしょう。その方は家族思いの男性なのに、わたしにも親切にしてくださって、わたし、ものすごく悩んでいました。愛していましたから、大人の関係になりたいと思ったこともあったのよ。でも、わたしのほうから身を引かせてもらいました。わたしのわがままばかりを通したらいけないと考えて。

それで、お電話でお話をさせていただくだけで充分ですと、お伝えしました」

（その人は、もしかしてぼくの父親ですか）

思いきって聞こうとしたが、翔平は固く口を閉ざした。聞いたところで、お母さんの口から正しい答えが返ってくるはずもない。だいいちお母さんの全身は、ぼくの両腕にしっかり抱きかかえられている最中なのだ。

「それじゃ由里江さんに、ぼくがこんなことをしても、罪にはなりませんよね」

「その方はね、あなたとよく似ています。ちょっと恥ずかしがりやさんで、まわりの人に配慮して、それからわたしのことを、とっても温かく見守ってくださったのよ」

それ以上のことは聞きたくない。

お姫さまだっこをしているお母さんの全身を、翔平は両手で強く引きつけた。この話は、これでおしまいにしたいと強く決意して。

「あん……」

短い喘ぎ声をもらしたお母さんの両手が、翔平の首筋を抱きなおした。生温かいお母さんの息づかいが、モワッと吹きかかってきた。力任せに、むしゃぶりつきたい。数秒とおかず、翔平は唇を当てにいった。お母さんの唇に強い痙攣が奔った。ピタリと張りついた唇同士の接触は、なかなか離れていかない。

ハッとした。急に唇を離したお母さんが、きつい目つきで睨んできたからだ。

「どうしたんですか。由里江さんとキスがしたかったんです」

翔平はいくらかひるんで言った。お母さんの視線が少し怖かったからだ。悪いことをしたつもりじゃなかったのに。

「わたしはフランスにいたときから、あなたとキスをする夢を、何度も見ていたの。そのときは、もっと激しく、もっと甘いキスだったわ。ああん、翔平さんの唾をたくさん飲んで、それから、わたしの唾を、あなたにいっぱい飲んでもらうようなキスだったのに……」

言葉が途切れた瞬間、お母さんの口が翔平の唇を目がけて、飛びかかってきた。少なくとも翔平の目には、そう映った。生ぬるい唾をいっぱい載せたお母さんの舌が、ヌルヌルと侵入してきたのだった。

翔平は吸った。

お互いの唾を飲みあう濡れた音が、二人の口から飛び散っていき、数分してやっと唇を離したお母さんは、グッタリとして翔平の胸板に顔を埋めてきたのだった。お母さんの心臓の高鳴りが、胸板に響いてくる。

「ねえ、暑いの。汗をかいてしまったわ」

そう言われて初めて気づいた。お母さんの額には大粒の汗が滲んでいるし、サマーセーターやスカートを素通しにして、カッカとほてっている体温が伝わってくるのだ。

「すみません。この小屋には、扇風機もエアコンもないんです。曾祖父はどんなに暑くても、自然の風が好きだったそうです」

「だったら、脱げばいいんだわ。そうよ。曾祖父さまも、裸になって昼寝をなさっていたのかもしれないでしょう」

「そうですよね。おじいから聞いた話だと、曾祖父はフンドシが好みで、家にいるときは、いつもフンドシ一丁だったそうです」

「まあ、おフンドシ……！」

「よく考えてみると明治や大正時代、この島には、パンツなんかなかったかもしれません。ブリーフとかトランクスは、西洋の国から渡ってきたんでしょう」

「そうよね、だったら、わたしたちも暑さを凌《しの》ぐために、パンツ一枚になったらどうかしら」

「ええっ！」

絶句した途端、お姫さまだっこをしていたお母さんを、ドタッと床に落としそうになった。お母さんはわりと真面目顔で、パンツ一枚になることを提案してきたからだ。

あわてて翔平は、開いたままになっている扉の外に目をやった。

『うえず島』の住民は七十人ほどで、その大部分は還暦をすぎたお年寄りである。カンヒザクラが満開になる季節になると、たまに誰かが桜見物にやってくることもあったが、今は葉桜の時期で人間の姿は見当たらない。

このあたりに生息する生き物は、野うさぎ、猪、それに蛇くらいだろうか。

二人が裸になっても、誰にも見咎められることはないんだ……。

「そうすると、由里江さんとぼくはパンツ一枚になって、この山小屋でなにをするんですか。曾祖父を真似て昼寝をしなさいって言われても、パンツ一枚になった由里江さんが横にいたら、眠れるものじゃありません」

「だったら、お散歩をしましょう。野辺のお花を愉しみながら」

ちょっ、ちょっと、待ってください。ぼくはブリーフ一枚になっても平気ですけれど、お母さんはブラジャーをどうするんですか。ブラジャーも取ってしまったら、野辺のお花見物なんて、とてもできません。翔平は強く異議を唱えたくなった。

すでに一カ月以上……、いや、一カ月半近く前、東京のお母さんの自宅を訪ねたとき、お母さんの寝室で目にした乳房を、ぼんやり思い出した。

大ぶりのお椀型だったっけ。五十円玉くらいの大きさの乳輪が、薄茶に染まっていた。あんなに悩ましいおっぱいを、この島の山の頂で、もう一度見られるとは、夢にも出てこなかった。

「ああん、なにを考えているの。もう一度、お散歩のやり直しをするだけですよ」

お母さんの声は、少し上ずった。お母さんもそのときの自分の姿を想像したのだろうか。

「でも、あの……、パンツ一枚になってでしょう。そのとき、由里江さんはブラジャーを取ってしまうのか、どうか、ぼくは真剣に考えているんです」

お姫さまだっこされながら、お母さんはサマーセーターの胸に目を移した。そして、まぶしそうに目を細めて、翔平の顔を見直してきた。

「そうよね、曾祖父さまはブラジャーをされていなかったわね」

大真面目に言われて翔平は、クスッと笑ってしまった。今の時代でも、『うえず島』に住んでいる女性の半分以上は、ノーブラのはずだ。洗濯干し場でブラジャーなど見たことがない。ブラジャーを必要としないおばあさんが、大半を占めているからだ。

「由里江さんの計画には、無理がありそうです」

翔平は自信満々宣言した。

ぼくだってブリーフ一枚になって、山道なんか歩きたくないんだと、腹に決めて、だ。

「いいえ、無理じゃありません。わたしがブラジャーを取ってしまえばいいことよ。そう、それに曾祖父さまは、おフンドシ一枚だったんでしょう。だったら、わたしたちがパンツを穿いていたら、失礼にあたります。全部脱いでしまいましょう」

「えっ、パンツも！　由里江さんは素っ裸になるつもりですか」

お母さんはまた考えこんだ。

ねっ、床に下ろしてちょうだい。ちょっと考えます。お母さんのお願いである。

翔平は渋々、お母さんを床に下ろした。部屋の中を行ったり来たりして、お母さんは真剣な表情になった。

四十一歳にもなりながら、この女の人は突拍子もないことを、ときどき言い出すと、翔平は警戒感を強めた。

「わかりました。やっぱり二人とも、全部脱ぎましょう。でもね、なにも着けないでお山を歩いたら、曾祖父さまに怒られるでしょう。けしからんことをするな、不道徳である、と」

そうでしょうかね……。翔平は仕方なく、腹の中で相槌を打った。

「ですからね、曾祖父さまに失礼がないよう、わたしはセーターを、あなたはシャツを腰に巻くんです。そうしたら、曾祖父さまに怒られないですむわ」

お母さんはいったい、なにを考えているのだろうか。真剣に考えていたわりに、口から出てきたアイディアは工夫がなさすぎる。そのときの二人の姿を想像すると、素っ裸で歩くより、よほどスケベっぽいですよ、と。

だいいち胸まわりにピッチリとフィットしていたお母さんのセーターでは、お母さんのお臀を覆いきることはできそうもない。

ぼくのTシャツだって、万が一、チンポが大膨張してきたら、その分、Tシャツの布が不足して、尻まで包むことはできないだろう。二人とも、珍妙な恰好になって、ブラブラ歩くんですかと、翔平は強く追求したくなった。

「さあ、決まりました。早く脱ぎましょう」

どうしてこんなことになってしまったんだと、翔平は根本の理由を探ろうとしたが、お母さんの行動が素早くて、じっくり考えている閑はない。

ああっ！　お母さんの指がクリーム色のスカートのファスナーに掛かったのだ。セーターよりスカートを先に脱ぐなんて、大胆すぎる。でも、どうせ全部脱ぐんだから、なにから脱いでも、結果は同じことなのだ……。

でも、お母さんはどんなパンツを穿いているのだろうか？

想像したとき、初めて東京のお母さんの家で泊まったときのことが、はっきり思い出された。ベッドルームに入ってきたお母さんは、淡いピンクのネグリジェをまとっていた。

パンティのラインが浮きあがった。

パンティの色は、ブルーに見えた。全部脱いでほしいと思った。だが、自分の大昂奮を抑えることができなくなって、網目模様のパンティの中に手を差しこんだ瞬間、お母さんの口に男のエキスを大暴発させてしまった。

ブルーのパンティの中身を、ちゃんと見せてもらう時間もなかったのだ。

「ああん、なにをぼんやりしているんですか。翔平さんも早く脱ぎなさい」

忙しげにせっついたお母さんの指は、それはあっさりとスカートを引き下げた。

（あっ、今日もブルーだ）

ムチムチッとした肉を包みこんでいる薄い布は、大部分が網目で、その網目から白い肌が、プツプツ見えている。それに、モジャと黒く茂っているようなオマンコの毛が、何本も網目からはみ出ているのだ。

（こらっ！）

翔平は己を叱った。切れあがりの鋭い網目のパンティを目にした瞬間、ブリーフの内側に、わずかな痺れを伴う熱気が、カーッと奔ったからだ。あわてて翔平は、網目から目を離した。見つづけていると、チンポはグーンと力をつける。

だったら、お母さんを無視して自分も脱げばいい。

チンポがでっかくなる前に、素っ裸になってしまえ、と。そうしないと、Tシャツ一枚では賄いきれない容量になる。翔平は手荒にシャツを脱いで、ジーパンを下ろした。

ああっ！　チラッとお母さんの様子に目を遣ってしまったのが、失敗だった。ちょっとよそ見をしているうちに、お母さんの手はパンティと対になっているブラジャーのホックに掛かっていたのだ。

ブリーフもろともジーパンを引きおろそうとした手が、急停車した。

パンティと同じ淡いブルーの網目ブラジャーが、それはあっさりと胸から剝ぎとられたのだ。お椀型の乳房が重そうに溢れ出た。五十円玉大の乳輪は、前に見たときとほとんど同じ色あいなのだが、ムックリと膨れて、ツヤツヤ光って、目に飛びこんでくる。

おっぱいが丸出しになったのに、お母さんは恥ずかしがる様子もなく、最後に残ったパンティのゴムに指を掛けた。

（ちょっと、待ってください）

パンツを脱ぐのは、ぼくが先です……。そう言いたかったが、声が喉に詰まった。だったら行動を率先しようと、翔平はズルリと二枚の衣類を引き下げた。

手の動きが急に止まったのは、お母さんだった。

パンティのゴムから指を離すなり、あわてふためいて乳房を隠した。手のひらでは覆いきれない大きさだ。が、お母さんの目は翔平の股間を睨みすえたまま、ピクリとも動かなくなった。

（あっ、これはだめだ）

翔平は困り果てた。チンポの大膨張は一瞬の素早さだったらしい。ブリーフのゴムが太腿まで下がった瞬間、勢いをつけたチンポは、垂直にそそり勃ってしまったのだ。

「すみません。大きくするつもりはなかったんですけれど、由里江さんのおっきなおっぱいとか、網目のパンティを見ていたら、こいつ、言うことを聞かないで跳ねあがってしまったんです」

大勃起したチンポを手で隠すこともできず、Tシャツで巻いてしまうのもみっともない。あきらめて、フルチンをさらしておくしかなかった。だが、お母さんの視線は一直線に伸びてきて、ときおり、ビクッ、ビクッと跳ねあがるチンポを、痛いほど見すえてくるのだった。

「ねえ、翔平さん、わたしの視力は確かなのよ。自信があります。あのね、以前より、あなたは体格も立派になりました。腕や太腿が太くなって、胸まわりも厚くなって、逞しい筋肉だわ。でもね、一番立派になったのは、あなたのオチンチン……、うぅん、オチンチンなんて子供扱いしたら、天国にいらっしゃる曾祖父さまに叱られます。そう、逞しいペニスよ。あーっ、惚れ惚れしてしまうほど、素晴らしい形になられました」

やや芝居がかった物言いで、誉めまくったお母さんは、淡いブルーのパンティを穿いたまま、膝を折って、ジワジワッとすり寄ってくるのだった。大膨張したチンポの熱気に吸いよせられたかのように。

お椀型のおっぱいはユラユラと上下になり、薄茶に色づいた乳首が、ピクンと弾みあがる。

ここまできたら、後には引けない。男の勝負時だと翔平は気張った。

「由里江さん、ぼくは決めました。二人とも素っ裸になって散歩しましょう。セーターとかTシャツはいらないでしょう。誰も見ていないんです」

ゆるぎなく直立したチンポを、女々しく隠すことはない。堂々と見せびらかせて散歩すればいいんだ。二人だけの世界じゃないか。翔平の決断だった。

「でも、あの……、わたし、足に力が入らないの。立つこともできないほどよ。だって、あなたのペニスは、わたしの腰を抜かしてしまうほど立派で、美しくて、見とれてしまったんですもの。あーっ、いつまで見ていても、飽きないわ」

「それじゃ、由里江さんが正気に戻るまで、おんぶしてあげましょうか。その代わり、パンティはちゃんと脱いでくださいね」

「いやっ、おんぶなんて、いやです。だって、翔平さんの顔が見られないでしょう。だからだっこしてください。あなたの胸の前に」

お母さんは甘えきった。見境がなくなってしまったほどに。

どうしよう……？　そんなことをしたときの二人の恰好を、翔平は冷静に想像した。ぼくの胸板に、お母さんの乳房が重なってくることは間違いない。ぼくの手はお母さんのお臀を抱きかかえる。お母さんの両足は、ぼくのお腹の前で左右に割れ……、ああっ！　そうすると、ぼくのチンポの先端と、お母さんのオマンコが、こすれ合うかもしれない。

ひょっとしたら、ドッキングしたり……。

二人の黒い毛ももつれ合う。

そこまで考えたとき、翔平はきっぱり言い放った。

「わかりました。だっこしてあげます。そして山を歩きましょう」

「ほんとうに！　嬉しい！　わたしは翔平さんの分厚い胸に揺られながら、お散歩できるのね」

お母さんの手の動きが、一気に加速した。

淡いブルーの網目のパンティを、スルスルッと引き下げた。

へーっ、蝶々の羽みたいな形をしていたんだ、お母さんのオマンコの毛は！

肉づきの厚そうなもっこり恥丘を柔らかく包んでいる形に、翔平はつい見入った。この前、東京のお母さんの家を訪ねたときは、パンティの中に手を入れた瞬間、昂奮を抑えきれず、ビュビュッと噴き出してしまったから、パンティを脱がすまでに至らなかった。

今はまさに、一糸まとわない素っ裸！

とうとうパンティまで脱いだお母さんは、あからさまになった股間をよじりながら、唇をモグモグさせた。なにか言いたいらしいが、声にはならない。

察するところ、一刻も早くだっこしてほしいらしい。脱いだパンティをそれは無造作にポイと投げたお母さんは、両手を差し出してきた。ほっそりとした指先が細かく震えている。躯のあちこちに痙攣を奔らせている。四十歳を超えているとはとても見えないウエストを、キュッと引きしめたりして。

極度の緊張感と羞恥心が、お母さんの全身を硬直させているような。できるだけ、リラックスさせてあげたい。

どこまで歩くのか、行き先はわからないが、翔平は腰を屈め、両手を伸ばし、お母さんのお臀を抱きかかえた。あーっ、ほんとうにだっこしてくれるのね……。喉嗄《のどが》れしたような声をもらしたお母さんの手が、首筋に強く巻きついてきたのだった。

抱きあげる。

大きく波打つ乳房が、ピタリと胸板に張りついてきた。気持ちいいのか、くすぐったいのか、よくわからない。

「外に出ますよ」

翔平は掛け声をかけた。自分を鼓舞させてやろう、と。誰の目もないのに、さすがに気恥ずかしい。曾祖父の大事にしていた山で、こんな不埒なことをやってもいいのだろうかという罪悪感も、多少加味されて。

が、行動は本格的に開始されたのだ。

石が転がっている小路で怪我はしたくないから、小屋の端っこに脱ぎ捨てられていたゴム草履を履いて、外に出た。山小屋の中にいた時間が長かったせいか、直射日光がまぶしい。

「どうですか、だっこされた気分は？　山の空気が一段とおいしいでしょう」

二人はとんでもない恰好をしているから、翔平はできるだけ大きな声で問うた。お母さんの緊張感を、少しでもほぐしてあげよう、と。

「わたしは幸せよ。あなたの温かな体温がポカポカ伝わってきて、のぼせていくわ。ねえ、こんなことがあってもいいのね。海も素敵よ。でもお山はもっと素晴らしいの」

「由里江さんは山派ですか」

「特別に好みがあったわけじゃありません。でもね、お山の樹木の隙間を縫って吹いてくる風が、とっても爽やかなの。ときどき、鳥さんたちがさえずってくれるでしょう。その鳴き声を聞いていると、わたしは今、大自然の世界に抱かれている気持ちにもなって……、あーっ、わたしはきっと、夢を見ているのね。メルヘンよ」

（夢じゃないんです。現実なんです）

メルヘンの世界に酔っているときではない。山小屋を出たときから、翔平は超現実の世界と懸命に闘っている。胸板に重なってくるおっぱいの心地よさより、太腿を大きく開いたお母さんの股の底が、下腹にピタピタ当たってきて、だ。生温かいし、少し湿っている感じもする。

開いた太腿で、腰のまわりを締めつけてくる。女性とのこんな密着感は初めての経験だった。

翔平はお母さんに現実を知らせてあげたくなった。さっきから、直立したままのチンポの先端と、お母さんのお臀の割れ目の奥が、こすれ合っているのだ。

歩を運ぶたび、こすれ具合が、微妙に変化する。奥のほうを突いたり、さすったりして。

うんっ！　翔平はチンポの先端に神経を集中した。

濡れているみたいだ。ヌルヌルしているような。

あっ！　気がついて翔平は、急いで腰を引こうとした。だが、お母さんの両足が腰に強く巻きついているものだから、引きはがしたくても、離れない。知らないうちに我慢汁が滲んでいたのだ。

ジクジク滲みわいてくる我慢汁は、チンポの先っぽを濡らしているだけではなく、お母さんの股の奥も汚しているに違いない。

（あーっ、どうしよう……）

真剣に考えたが、正しい答えは出てこない。

お母さんをだっこをして外に出てから一分と経っていないのに。ぼくの躯はどうしてこんなに敏感にできているのだろうか、翔平は一人で悔しがった。が、股の奥を汚されているはずのお母さんは、まるで意に介した様子もなく、翔平の肩口に顔を預け、唇をペタリと張りつけたり、大きく開いた太腿を、わざと押しつけてくるのだ。

それでも翔平は、歯を食いしばって耐え、歩きつづけた。

「ねっ、ねっ、素敵な見晴らしよ。ほら、目の下に碧い海が広がって、海岸に白波が打ちよせているんです」

細かく説明してもらわなくても、その場所がどこなのか、翔平は目を閉じていてもよくわかる。山小屋の掃除をしたあと、ときどき一人で立ちよったことのある、楕円形の更地である。なぜかその部分だけ木立が伐採され、雑草が生い茂っているのだった。

「この場所は、ぼくの家のちょうど反対側で、崖の下は誰も住んでいません。台風がくると、この崖は島を守る防風壁になっているみたいです」

全身に受ける気持ちのいい刺激から神経をそらし、翔平は超真面目に答えた。

「海岸からここまで、どのくらいの高さがあるのかしら」

「正しく測ったことはありませんが、二百メートルくらいあると思います。漁をする舟が、ときどき海岸の近くの岩場までやってきますが、ぼくの親指ほどの大きさにしか見えませんから」

「ねえ……」

短いひと言をつぶやいたお母さんは、翔平の首筋に巻きついた両手に力をこめ、顔をよじって崖下を覗きこんだ。そんなことをしたら、危ないですよ……。注意して翔平は、両手で抱いていたお母さんのお臀を、引きつけた。

お母さんの甘い刺激から、やっとのことで開放されていたのに、ムッチリお臀の感触が指の腹に伝わってきて、お母さんのお臀の割れ目を直撃しているチンポが、ビクビクッと跳ねた。

でも、お母さんは知らん顔をしている。

「ここから飛び下りたら、死んでしまうでしょうね」

いきなりお母さんは、とんでもないことを口走った。

だから、いやなんだ。お母さんは平気な顔をして、ときどき突拍子もないことを口にするからだ。この場所にぼくは何度も来たことがあったが、一度でも、崖下に飛びこんでやろうなんて、考えたことがない。

それに崖下の海は遠浅ではなく、鋭く切りたっているから、海水は渦を巻いて、飛びこんだら浮きあがってくるのに難儀をするはずだ。

「試しにダイビングしてみますか」

目には目で、翔平は脅かしてやり、崖下がよく覗ける場所まで歩いた。

「あーっ、いやよ、そんなに怖がらせないで。わたし、高いところが苦手なんですからね」

悲鳴をあげたお母さんの両手に、強い力が加わって、首筋にしがみついてきたのだった。ほんとうに怖かったのか、胸板に張りついている乳房から、激しい鼓動が伝わってきた。しかも息遣いを荒くして、だ。

忘れかけていた超現実が、たちまち戻ってきた。

全身に力をこめたらしいお母さんのお臀がキュキュッとうごめいて、割れ目の幅を狭くしたのだ。弾力のありそうな肉に、チンポが挟まれた。

「あっ、ねっ、それっ、あん……」

お母さんの唇がポッカリ開いて、意味不明な間歇的擬音を連続させる。首筋を反らし、顔を前後に振ってくる。長い髪が海風に吹かれ、ばらつきながら裸の背中で、ハラハラと泳いだ。

チンポの先端がお臀の割れ目に挟まっていることを、お母さんはやっと気づいたらしい。

「そんなに動かないでください。刺激が強すぎるんです」

翔平は自分の辛さを正直に伝えた。

「あーっ、だって、ねっ、挟まっているんですよ、あなたの大きなペニスが。温かいわ。ビクビクして、ねっ、わたしのお臀をノックしてきます」

「気持ち悪いでしょう。ぼく、気がつかなかったんですけれど、ちょっと濡れているみたいなんです」

「気持ち悪いなんて、ひと言も言っていません。でも、ねっ、ちょっと歯痒いの。ねっ、わかるでしょう」

「えっ、歯痒いって、どこが、ですか。キスがしたりないとか？」

「ああん、そうじゃないの。もう少し、あーっ、奥のほうまで来て。あと三、四センチよ」


翔平はコソッと首を傾げた。いくらか虚ろな目つきになったお母さんの言葉の意味が、まるで読めない。だいいち、三、四センチなんて、ずいぶん細かな数字である。


ああっ！　あわてて翔平はお母さんのお臀を、しっかり抱きなおした。お母さんの腰がグネリと揺らいだからだ。

「そうよ、あーっ、たった今、届いたわ。そう、そこよ。突いてちょうだい」


またしてもお母さんの腰が、クネクネッとうごめいた。ややお臀を沈めてくるような恰好になって。その分、お臀の割れ目が少し左右に広がった。チンポの先っぽが、ピタリとなにかに当たった。

(あっ、そうだったのか!)

翔平はやっと気づいた。

お母さんが声を嗄らして訴えた奥のほうまでとは、お瞖の穴かオマンコだったのだ。

「でも、由里江さん、あの……、ぼくのチンポは濡れているんです。多分、ヌルヌルになっていますが、それでもいいんですか」

「ああん、わたしだって、同じよ。奥のほうが急に熱く煮えてしまったんですからね。もう、グニュグニュよ。元気なあなたが潜りこんできたから、こんなことになってしまったんです」

グニュグニュなんて、猥らしい。

教養のありそうな女性が、青空の下で口にする表現ではなさそうだ。

が、お母さんはグニュグニュの肉を、チンポの先端にくっつけたいのか、腰を揺すりまくってくる。腰を動かすと、連動的におっぱいが揺れ、胸板をこすりつけてくる。思わず翔平は自分の胸板を覗いた。

あーあっ……。薄茶に色づいていた乳首が突起して、赤茶に変色し、胸板をコロコロ転がっていたのだ。我慢できない快感が、一気に劈けた。

「由里江さんのグニュグニュと、ぼくのネバネバをくっつけてみたくなりました」

翔平は自分の欲望を、悪びれずに訴えた。

「ねえ、くっつけるときは、あーっ、だっこされたままでしょう」

「は、はい。ぼくのチンポは青空に向かって突っ立っていますから、下から送りこむと、うまい具合にピタリとくっつくはずです」

肩に埋もれていた顔を、お母さんはヨロヨロッと立ちむけた。

長い睫毛をピクピク震わせながら。

「あなたが一カ月半前、玲奈の病気を心配して、東京のわたしの家に来てくれたでしょう。その日のことを、わたし、忘れないんです」

「ぼ、ぼくもです。薄いピンクのネグリジェを着た由里江さんの姿を見ただけで、その、ぼくは恥ずかしいほど昂奮して、由里江さんの口に、ビュビュッと噴きかけてしまったでしょう」

「そうよ。ものすごくたくさんだったわ。あのときのあなたのお味が、まだお口に残っているんです」

「それじゃあのとき、ぼくは由里江さんの口の中に噴射してしまったんですね」

「あなたのエキスは、ずいぶん濃かったわ。でも海の味だったの。ほんの少し潮味が混じっていて」

「飲んじゃったんですね」

「一滴も残さないで。でもね、女は欲張りなの」

「それは、どういう意味ですか」

「上のお口で味わったあなたのおいしいエキスを、下のお口にも注いでほしい……、の。あーっ、溢れるほどたくさん入れてくださるわね」

お母さんの表現は、どんどん卑猥になっていく。

言葉を紡ぎながらも、腰を激しく揺らし、お臀の割れ目を広げ、チンポの先端を探ってくる。成熟した女の人がその気になったときの躯のうねりようは、半端じゃない。翔平は教えられた。

お母さんの狂おしいほどの悶え方につられ、翔平は下から上に向かって股間を迫りあげた。

うんっ！　お母さんのお臀を両手で支えもちながら、一人でニッと笑った。チンポの先端に、グニュと感じる生温かい粘膜が絡みついてきたからだ。この感触はお臀の穴ではなく、オマンコだ。お母さんの言ったとおり、接触するまでの距離は三、四センチだった……、か。

「由里江さん、わかりましたか、当たりました。由里江さんの猥らしそうな肉が左右に裂けて、入り口が広がったみたいです。その隙間に、ぼくのチンポの先っぽが、少しだけ嵌まったんです」

お母さんが歯ぎしりした。

眉間に小皺を刻み、頬を真っ赤に染めているのだ。苦しいからではなさそうだ。躯の芯にひたひたと押しよせてくる気持ちのよさを、必死に押し殺しているようなな。二十歳以上も自分より若い青年に、すっかり乱れてしまった姿を見せたくないのか。

よく考えると、ぼくのチンポとお母さんのオマンコが、ピタリと接触したのは、今が初めてだった。ついさっき、お母さんは言った。ご主人と離婚したあと、優しく見守ってくれた男性と、大人の関係になりたいと考えたこともありましたけれど、わたしのほうから身を引きました、と。

先の見えない深みに、嵌まりたくなかったのだろう。

そうするとぼくとお母さんは、たった今、大人の関係のトバ口に差しかかったことになる。翔平は自信を持った。

でも、トバロで終わりたくない。さらに奥のほうまで入りこんで、ほんとうの大人の関係になりたいと、翔平は願った。それに……、ぼくはまだ、お母さんのオマンコの形を見ていなかった。蝶々の羽に似た黒い毛の下側は、どんなことになっているのか。

知っていることは、お母さんも昂奮してくると、オマンコから濃いめの粘液を滲ませ、グニュグニュに変化していくことだけだった。そのときは手探り……、いや、指探りで終わってしまった。

このままの恰好でいると、我慢できないチンポはさらに突き進んで、トバロを掻いくぐっていくかもしれない。そうすると、噴射までは時間の問題になる。そんなの、いやだ。

「由里江さん、あの……」

翔平は口ごもった。こんな猥らしいお願いを、していいものか、どうか、と。が、オマンコのトバロに差しかかっているチンポは、もっと奥に入りたいと、ビクビクぐずついている。

「あん、どうしたの？」

答えたお母さんの瞳はトロンとして、焦点が定まっていない。

「実は、あの、見たいんです。青い空の下で。おっぱいは見せてもらいましたが、その……、黒い毛の内側を、です」

えっ！　小声をあげたお母さんの目が、カッと見開いた。赤く染まっていた頬に、ツヤリとした輝きが射した。

「ねえ、翔平さん」

「あっ、はい。ぼくのお願いは聞いてもらえませんか。ぼくは由里江さんのお願いを聞いて、ずっとだっこしているんです。由里江さんの躯のいろんなところが、ペタペタ張りついてきたり、ネバネバくっついてきたりして、さっきからぼくの躯はのぼせあがっているんです」

「そうじゃないの。よーく聞いてください。わたしは四十一歳になる女ですよ。どんなに注意していても、年齢とともに、女の躯はあちこちに衰えが出てくるものなのよ。わかってくれるわね。お見せできるところと、できないところがあるんです」

「それじゃ由里江さんは、誰かにオマンコを見せて、衰えてきたなとか、醜くなったなとか、意地悪なことを言われたんですか」

「ああん、夫と別れてからは、そんな恥ずかしいところは、誰にも見せていません」

「それだったら、衰えているかどうかなんて、わからないでしょう。それともオマンコの下に鏡でも置いて、自分で検査したとか……？」

「翔平さんのバカ、バカッ！　そんなにわたしを虐めたいんですか。鏡で見るわけがないでしょう。でもね、誰に言われなくても、歳には勝てないんです」

「由里江さんのおっぱいは、勢いよく張っています。顔だって、ツヤツヤして元気です。それなのに、股の奥だけ醜く衰えているはずがないでしょう」

翔平は力んで言い返した。

お母さんは恥ずかしがっているだけだ。しかも、こんなに明るい陽射しの下で、オマンコをさらすのは、誰も積極的になれないだろう。一生懸命、言い訳をしているだけだ。

でも、ぼくだって素っ裸で、チンポを剝き出しにしている。そんなに恥ずかしがらないでくださいと、翔平は心をこめてお願いしたくなった。

「ついさっき、由里江さんは言ったでしょう。下のお口にいっぱい注いでくださ い、って。ぼくの体液をいっぱい注ぐ箇所がどうなっているのか、自分の目でしっかり確かめたいんです。全然知らなかったら、勢いも削がれて、出方も少なくなってしまいます」

翔平は懸命に説得した。

「あん、翔平さん、下ろしてください」

お母さんの声が、急にか細くなった。

あきらめて見せてくれるのか、それとも断固拒否して、一人で山小屋に帰ろうとするのか、翔平は判断に苦しんだ。それでも翔平は大人しくお母さんの言いつけを守った。

雑草の上に立ちつくした白い全裸に、西の空にやや傾きはじめた陽光が、燦々と降りそそいだ。

(きれいだ……)

翔平は立ち尽くして、見守った。

が、そそり勃つチンポは、まるで力を失わない。薄い皮膚に包まれた亀頭も、お日さまを浴びて、キラキラ光って見えるのだ。

「汚らしいとか、醜い形だなんて言ったら、わたし、崖下に飛びこみますからね」

唇の端に小刻みな痙攣を奔らせたお母さんは、きっぱり言ってのけた。

汚らしいはずがない。でも、きっとグニュグニュになっていて、少しくらい肉がよじれているかもしれない。そんなふうになっていても、ぼくは口を寄せて、グニュグニュを吸いとってあげる。

口に流れこんできたグニュグニュは、全部飲んでしまうんだと、翔平は意気ごんだ。

あっ！　翔平は目を見張った。

いきなり反転したお母さんは、腰を折ったのだ。お臀を高く掲げ、ぴんと張った背中を、すべり台のように反らした。そして少しずつ、太腿を左右に広げていく。

（すごい！）

翔平の足は雑草をすべって、お母さんのお臀の後ろにすり寄った。

まぶしいほどの陽射しが、明け透けになったお母さんのお臀の割れ目を照らし出した。お臀の穴はもう、丸出しだ。小さな丸い窄みは、雀の羽の色……。

「もっと近くに来て、よーく見てちょうだい。わたしがどんなに恥ずかしい思いをして、翔平さんのお願いを聞いているのか、ああっ、わかってくれるわね」

お母さんの声が、高くなったり低くなったりして、爽やかな海風に乗って、どこかに吹き飛んでいく。

「よく見えます。あの……、ほんとうのことを言うと、少し毛が多いんです。でも、毛に隠れているお肉は、プクッと膨らんでいるみたいで……、それに、あの、縦に切れた肉の筋が、やっぱりグニュグニュになっています。まわりの毛に染みついて、ピカピカ光っているんです」

「あん、そこに、ねっ、たった今、あなたのペニスが当たっていたのよ。電気が奔ったような痺れを感じて……、あーっ、中のほうがピクピク引き攣れくるの。わたしの躯をこんなに昂奮させたのは、あなたのせいですから、ちゃんと責任を取ってくださいね」

ギョッとした。お母さんの両膝が雑草について、さらにお臀を迫りあげたからだ。お臀の穴よりオマンコを見てほしいというポーズだ。

目の前に濡れたオマンコが広がって、チンポが暴れた。我慢汁を垂れ流しながら、力強く上下に揺れるのだ。

（お母さんはきっと、クンニリングスを待っているんだ）

それに口を寄せる行為は、お母さんに対する熱いメッセージにもなる。お母さんのオマンコはちっとも汚くありません、きれいですという、自分のほんとうの心が通じると、翔平は考えた。

「ああっ、あーっ、素敵！」

お母さんは絶叫した。どんな大声を発しても、誰の耳にも届かない。聞いているとしたら、ときどき飛んでくる白いカモメくらいだ。お母さんのお臀の真後ろに膝をついて、割れ目に顔を寄せ、翔平は縦に切れる肉筋の下から上に向かってヌルッと舐めあげ、そして、舌先を尖らせ、肉筋を裂いた。

中に差しこんだ。

お母さんの言葉に間違いない。肉筋の内側はグニュグニュに濡れた粘膜が、ひしめき合っていた。深く差しこんで、粘膜を吸いとった。トロリとした粘液は少し濃いめみたいで、甘酸っぱい。

お母さんのオマンコの味だ。優しい味なんだ……。なぜか翔平は、そう確信した。勇気が湧いた。口をいっぱいに広げ翔平は、オマンコ全部を頬張った。モジャモジャと茂る毛が舌に絡んでくるが、全然気にならない。

ぽってりと柔らかくて、少し熱っぽく感じる肉と一緒に、コリッと嚙んでしまいたいような欲にかられた。

自分がものすごく昂奮している証拠だ。当たり前だ。まわりに誰の目がなくても、この場所は太陽の光が目いっぱい降りそそぐ野外だった。

オマンコを頬張りながら翔平は、お母さんの脇腹から両手をまわし、乳房を鷲づかみにした。

「あーっ、もっと強く握って。痛くなるほどよ。でも、きっと気持ちよくなるはずだわ」

お母さんは首を反らし、遠慮のない声をあげた。

ほんとうはもっと優しく乳房を愛撫してあげたかったのに、異常なほどの昂ぶりが、翔平の手を荒々しく動かしたのだ。

手にあまるほど豊かに実った乳房が、乳首を突起させ、弾んだ。

「ねっ、ねっ、翔平さん。もう、わたし、いってしまいそうです。入ってきて。あなたにお願いしたでしょう。わたしの下のお口に、あなたのエキスをいっぱい注いでください、って。わたしの意識がはっきりしているうちに、あーっ、お願い」

お母さんの声が途切れ途切れになって、聞こえてくる。

オマンコから口を離した翔平は、まだ四つん這いになったままのお母さんの真後ろに構えた。チンポの筒先からは始末に終えないほど大量の我慢汁が滲んできて、一滴《ひとしずく》、二滴と、緑の雑草に垂れていく。

壮絶だ。翔平はそう感じた。人間の営みの原型かもしれない……、なんて考えたりした。

が、高く掲げたお母さんのオマンコに、ズブリと挿入した瞬間、あっという間に果ててしまいそうな危うさを、翔平は感じた。チンポの根元はズキズキと疼きまくっているし、男の袋の内側では、噴射の兆しを知らせる脈動が、ピクピクと音を立てている。

「由里江さん、ぼく、これから入ります。でも、許してください。ぼくはさっきから我慢の限界に達しているんです。入っていった途端、秒の速度で出てしまうかもしれません」

翔平は若者らしく断った。

これ以上我慢することは、躯に毒だと感じて。

「いいのよ。いつでもいいんです。ほんとうに素晴らしい思い出になるわ。碧い海がすぐそこに広がっている、こんなに素敵なお山の中で、翔平さんに抱かれるなんて……。あーっ、入ってきてちょうだい。約束どおり、いっぱい出してくれるんでしょう」

お母さんの切れ切れの声が、はるか遠くに見える青い水平線に溶けこんでいく。

ビビッと跳ねあがるチンポの先端を、指で挟んでオマンコの真ん中を目がけて挿しこんだ。

生々しすぎる合体部分が、明るい陽射しを受けてギラギラ照り輝いた。押しこんで、引いた。白濁した粘液が筒に粘りついてくる。数回繰りかえす。お母さんの粘液はだんだんその量を増してくるのだ。

「もう……、ねっ、きて……。早く。わたし、もう、だめっ！」

お母さんの声が途切れたとき、なんとお母さんの全裸が、ドサッと雑草にひれ伏したのだった。草の端切れや、土ぼこりに躯が汚れてしまうことなど、お母さんはまったく気にしていない。

それほど深い歓喜に酔ってしまったのだろうか。

お母さんの背中とお臀に、翔平は覆いかぶさった。

「由里江さん、ぼくも、いきます」

翔平は叫んだ。声と同時だった。チンポの根元が大爆発した。堰を切って弾き出た大量の男のエキスが奔流となって、お母さんの膣を貫きとおしていったのだった……。

石垣島の海水浴場には、沖縄本島や本土、それに、はるばる外国からやってくる海水浴客が、シーズンにはわんさかと押しよせてきて、とても賑わう風景が広がる。翔平はときどき、そんな記憶を抱きながら『うえず島』の砂浜を一人で歩いている。

(寂しい砂浜だ)

それが実感だった。が、翔平は満足している。海水浴客がドッと押しかけてくるような砂浜になってほしくない。この島は曾祖父の島で、他人が来る島じゃないのだ、と。

今日も翔平は、一人で砂浜に出た。遥か彼方に見える平たいお椀形の島影に、翔平は視線を注いだ。

(野呂さんは今ごろ、なにをしているのだろうか)

行ってみたいという気持ちは常にある。おじいの舟に乗ったら、三十分とかからない。が、相変わらず、踏ん切りがつかないのだ。琉王神社でたった一人、巫女さんの仕事をしている野呂さんのことに想いを馳せると、自分の躯はすっかり穢れてしまったような感覚が拭いきれないからだ。

会うのだったら、穢れが消えたあとだ……。翔平の結論はいつもそこに辿りつく。


（あれっ、誰だ……？）

白い砂浜の端のほうで、誰かが仰向けになって寝ていたのだ。白い洋服を着ている。鍔《つば》の大きな日除けよ用の帽子を顔にかぶせて、だ。

海水浴客には見えない。

服装からすると、島の人でないことは、すぐにわかった。

男女を問わず、不審な人間を発見したら、それが誰なのか、すぐ確認するのは村長《むらおさ》の孫の務めでもあった。この島にはお巡りさんはいないから、万が一の場合、自警することになっていた。

白い砂を踏みしめて翔平は、白い洋服を着た人のそばに近寄った。顔は帽子で隠れていたが、女性であることは間違いない。

「そこで、なにをやっているんですか」

翔平は無愛想な声で尋ねた。

女性はすぐに帽子を取った。真っ黒なサングラスを掛けていた。

あっ！　女の人の顔を見た瞬間、翔平は大声を発していた。

「やっと来てくれたのね。朝から待っていたのよ」

「どうしたんですか、新垣さん！」

間違いない。砂浜に寝ていたのは、半年ほど前、『うえず島』を買収して、プライベートホテルやビーチを造成しようと計画していた新垣千尋さんだった。翔平と知りあって、新垣さんの計画は頓挫した。曾祖父さまの島を大事にしてくださいねと言い残し、新垣さんは東京に帰っていったのに。

一瞬、翔平は訝《いぶか》った。

買収計画を再燃させようと、島に戻ってきたのか、と。

背中についた白い砂を手で払いながら、新垣さんは立ちあがった。

「ねえ、翔平さん。あそこに見える小さな島があるでしょう」

新垣さんは指差した。

「はい。ぼくたちは『あかね島』って呼んでいるんです」

「『うえず島』の買収じゃないのよ。わたし、インターネットで調べたら、あの島は無人島で、所有者もわからないんです。ですから、あの島にプライベートホテルを建ててみたらどうかしらって、計画書を提出したんです」

「ええっ、『あかね島』にホテルを！」

それは、だめです！　あの島にはぼくの大好きな巫女さんがたった一人で、琉王神社を守っているんです。声を大にして言いはろうとしたが、翔平は口をつぐんだ。

東京の大企業の人たちは、お金になると考えると、有無をいわさず計画は実行してしまう悪い人が多いらしい。

「……新垣さん、その計画はやめたほうがいいと思います」

翔平は静かな口調で言った。

新垣さんの目が不審そうに向いてきた。

「どうして？　どなたも住んでいらっしゃらないんでしょう」

「ええ、そのとおりです。でも、それはあの島が、ちょっとおっかないからです」

「おっかないって、どういうこと……？」

「今日の日没は七時ちょっと前ですが、真っ赤な太陽が水平線に沈むとき、あの島は海に没してしまうんです」

「まあ、島が消えてしまうとか？」

「そのとおりです。潮位の関係かもしれません。だからあの島には、誰も寄りつかないんです。海の藻屑《もくず》になりたくありませんからね」

「夕方になると、消えてしまう島だったの……」

それでも島影を追いながら新垣さんは、信じられないような眼差しを、いつまでも遥か彼方の海面に投げているのだった。

翔平はホッとした。海に沈んでしまう島を、買う人なんかいるわけがない。翔平は胸の中で呼びかけた。野呂さん、安心してください。『あかね島』は、ぼくが守ってあげます！　と。


〈了〉

※この作品は、イースト・プレス悦文庫のために書き下ろされました。

イースト・プレス
悦文庫

碧《あお》い海《うみ》、茜色《あかねいろ》の島《しま》

末廣《すえひろ》 圭《けい》

2017年9月22日 第1刷発行

企画 松村由貴(大航海)
DTP 臼田彩穂
編集 棒田 純

発行人 安本千恵子
発行所 株式会社 イースト・プレス
〒101-0051
東京都千代田区神田神保町2-4-7 久月神田ビル
電話 03-5213-4700
FAX 03-5213-4701
http://www.eastpress.co.jp

印刷製本 中央精版印刷株式会社
ブックデザイン 後田泰輔(desmo)

ISBN978-4-7816-1580-6 C0193